十九韵

临平

阿健 著

国际文化出版公司

·北京·

图书在版编目（CIP）数据

临平十九韵 ／ 阿健著．—北京：国际文化出版公司，2023.6
ISBN 978-7-5125-1508-6

Ⅰ．①临… Ⅱ．①阿… Ⅲ．①散文集－中国－当代 Ⅳ．① I267

中国国家版本馆 CIP 数据核字（2023）第 002830 号

临平十九韵

作　者	阿　健	
责任编辑	侯娟雅	
出版发行	国际文化出版公司	
经　销	全国新华书店	
印　刷	天津中印联印务有限公司	
开　本	710 毫米 ×1000 毫米	16 开
	12.75 印张	147 千字
版　次	2023 年 6 月第 1 版	
	2023 年 6 月第 1 次印刷	
书　号	ISBN 978-7-5125-1508-6	
定　价	59.00 元	

国际文化出版公司
北京朝阳区东土城路乙 9 号　　　　　　邮编：100013
总编室：（010）64270995　　　　　　传真：（010）64270995
销售热线：（010）64271187
传真：（010）64271187-800
E-mail：icpc@95777.sina.net

目　录
contents

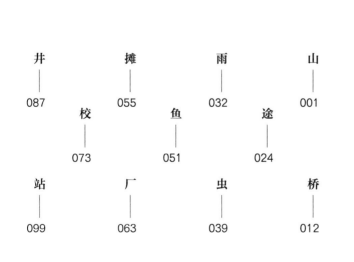

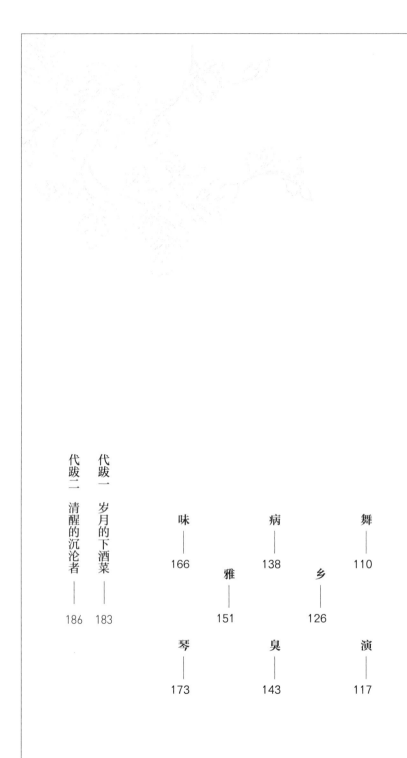

推荐序一

最后的守望者

法　鸿

你有多久没有静下心来细细品读一部文学作品了？

就我而言，即便对世界名著也失去了耐心，而以改编的电影代替原著。

而在抖音里，将一部电影剪辑成几分钟的速看版，配上几句粗糙的解说，俨然成了主流的阅读模式。

阿健的新著《临平十九韵》，却让我找回了久违的阅读之乐。

虽然成书前它只是一份简陋的打印稿，但我却渐渐沉迷其中，几乎每一页、每一行都藏着精彩、惊喜，令我拍案叫绝、会心一笑或怅然若失。

这是一部另类风格的回忆录，在极简的标题下蕴藏着丰厚的内容，既是一部古镇的变迁史，也是一部个人的心灵史，两者水乳交融，远远超越了风土人情的范畴。

阿健从50多年的岁月里提炼出19个关键字，每个都形成一个独特的视角。它们纵横交错，如榫卯结构般无比坚实地重建了他的梦中家园。

他的行文是如此自然、生动、细腻，带给读者360°沉浸式的阅读体验——

《途》是可以看的，《虫》是可以听的，《臭》是可以闻的，《味》是可以尝的，《舞》是可以触摸的，《站》是可以想象的。

然而，深深打动我的还远远不止这些。

在阅读过程中，我的脑海里渐渐浮现出三个词：自由、平等、博爱。

一、自由的表达

"原谅我这一生不羁放纵爱自由，也会怕有一天会跌倒……"

自由，是《临平十九韵》带给我的第一重感动。

就像地底下蓄积多年的泉水，突然找到了一个出口，阿健的"叙述流"裹挟着所有回忆、联想、感悟喷涌而出，尽情流淌。

这种流淌是不拘形式、自由自在的，想到什么就写什么，想怎么写就怎么写。有时如同在向知己倾诉，有时又像自言自语。

很多篇章放弃了装饰性的技巧，形似流水账，比如《厂》，就是一家一家地聊：油厂、酒厂、啤酒厂、绸厂、工具厂、铝合金厂等，但在不经意间，就聊出了一部地方经济史、发展史，也聊出了社会变革、世态炎凉。

有的文章跨度很大，比如《桥》，将现实中的桂芳桥、隆兴桥、保元桥与南斯拉夫的老电影《桥》做了无缝衔接。

又如《雅》，从晚清曲园先生的对联一路聊到做灯笼、听唱机、画速写、玩口技，将原本八竿子打不着的人、事、物放在一起，却毫无违和感。

大部分文章聊完了，结尾来几句思考性的总结，整个流程行云流水。

这种写作姿态，就像抱着吉他即兴弹唱，配乐朴素简单，歌词信手拈来，沙哑的白嗓子却唱尽了沧桑。

说到底，写作还是要靠天赋的。在《病》中，我读到这样一段文字：

> 但我始终觉得自己时常带点忧郁气质，主要还是和童年经历有关，特别是厂卫生所里的那张椅子，曾给我造成了巨大的心理阴影。它是用水泥和磨石子浇铸而成的，通体呈现出曼妙的像摊开的半张蛋卷一样的曲线，又像一件旧上海的旗袍。它是那种接近果绿色的色调，本来质感是粗粝的，但因使用时间久了，被无数的屁股摩擦得光滑无比，像一件艺术品。

类似的细节比比皆是，阿健的文笔不仅让时光倒流、往事重现，而且让那些平凡的瞬间如雕塑般凝固下来并熠熠生辉。

在所有文章里，《演》《雅》《摊》《虫》等是我偏爱的。然而，我也发现了一个问题——《演》的写作明显游离了第一人称"我"的叙述视角，改用第三人称写了三个小人物的命运交集，《演》更像是一部短篇小说，虽然精彩绝伦，但放在一本散文集里多少有点不和谐，本想建议阿健修改一下，转念一想，为啥一定要保持统一的文风呢？为啥不能有点例外？文学的生命在于创造，在于打破固有的范式。既然阿健的创作已进入自由的境界，就让他保留那份率性任意发挥吧！

二、平等的视野

"灿烂星空，谁是真的英雄？平凡的人们给我最多感动。"

平等，是《临平十九韵》带给我的第二重感动。

阿健用文字重建的老临平，也许并不完美，但是非常平等。对身边那些平凡的生命，包括人、植物和动物，他倾注了同样的热情与关切。

他爱白兰花"清雅的幽香"，但并不排斥浓烈的栀子花、含笑，它们也"很像青春的味道"。

他在蝈蝈、知了、纺织娘的鸣叫声中安然入睡，也用大量篇幅写了螳螂、天牛等"不太友好的虫子"。

他爱临平的自然环境与人文景观：穿过夏季那场雨，在石马岭的山道上回望远处的厂区，感慨这些建筑是"多么踏实和伟岸"。

"厂""井""桥"这些原本冰冷的词汇，在阿健笔下变得有血有肉，仿佛一张张黑白、模糊的老照片被修复了颜色，瞬间鲜活起来。

在阿健笔下，每个个体生命从各个犄角旮旯里走出来，走到人生舞台的中央，在聚光灯的照射下成为主角。

做灯笼的杨老先生、画速写的方老师、玩口技的老韩大伯（《雅》），干苦力的挑水阿毛和"脑子搭牢"的大头太子（《井》），小人书摊、气枪摊的摊主（《摊》）……

如果没有这部作品，这些人也许早已被边缘化，早已被岁月的尘埃掩埋。

在《乡》里，阿健讲述了一段自己勤工俭学的经历，初中毕业的他在乡广播站文化干部的带领下，去收集乡村的民间传说和故事。

他并不是一个纯粹的旁观者、记录者，他也是亲历者，与笔下的人物一起笑、一起哭，一起为岁月的洪流所淹没。

我曾无数次问自己，文学的意义究竟何在？

阿健用这部作品做了回答：唯有文学能留下清晰的人生轨迹，告诉人们是如何在那些艰难的时光中活下来、走过来的。

"活下来，并且要记住！"

这个世界最残酷的不是经历苦难，而是无论多少刻骨铭心的爱恨别离，最终都将为时间的洪流所冲淡。

而文学是与时间、遗忘做抗争的最后的武器。

三、博爱的情怀

"人生风景在游走，每当孤独我回首，你的爱总在不远地方等着我……"

博爱，是《临平十九韵》带给我的第三重感动。

我和阿健因文学而相遇，至今仍记得我们一起去杭州参加《西湖》杂志小说笔会的情景。那时的阿健率性耿直，面对社会的假恶丑现象，常常报以辛辣的嘲讽，并不掩饰自己的好恶。

如今，在知命之年用文字记录往事时，他选择了谅解和包容。

《演》里的两个主人公，从大学生成为公务员的杨卫卫、从"街头艺术家"升迁至社区副主任的黄德福，阿健给了他们同样的"演出"机会，让他们在自己的人生里演好自己，通篇没有褒贬评价，只有默默的关注。

在《病》里，他记录了从小与疾病抗争的血泪史，从身心两个方面都做了坦诚的剖析。最终，他通过户外徒步、长跑、音乐、美食等完成了自我疗愈，从而坚信："总有一些事物适合治愈你，也总有一个自然的场景能唤回你的初心。"

什么是博爱？就是在尝尽理想破灭的痛苦之后依然坚守理想，在认清生活的真相之后依然热爱生活。

那个曾经的少年，依然在抱着心爱的吉他弹唱，只是歌曲主题已经从《光阴的故事》演变为《与往事干杯》。

当你与往事干杯，与过往的一切和解时，往事也悄然放下了你。时间不再是捆绑你的绳索，而成为永远的伴侣。

同为文学爱好者的我，先是弃文从商，后又弃商从医，总之是做了文学的逃兵。而阿健始终坚持他的人生长跑，无论是用笔，还是用脚。

如今，在马拉松爱好者奔向 42.195 公里处的终点队伍里，常能看到一个业余大神级人物清瘦的身影。没错，他就是阿健。

也许只有我知道，当所有人都充满期待地奔向未来时，有一个人却执着地想跑回过去。

他还是石马岭上的那个追风少年，抑或，他已成了清风本身，而白驹过隙、岁月轻扬。

他是最后的守望者，矢志不渝地守望他的小镇、他的精神家园。

就借冯唐的诗句作结吧："愿有岁月可回首，且以深情共白头。"

一字唤起一整套意念

郎　净

如果只读阿健散文集《临平十九韵》的目录，会想象这是一本简约的、需要去探寻象外之象的书：山、桥、井、雨、乡、虫、病，每个字都那么简单，然而放在一起，却足以勾勒出一个江南小镇的风貌来……

阿健是临平人，我是塘栖人。临平与塘栖，两地原本只隔着十几公里，都属于江南佳丽之地，都与运河兴衰息息相关，而且从宋代到现在，它们的命运也是休戚相关的。因而，我想在阿健笔下看见我们共同的土地，找到一种共通的感动。"我本江南人，能说江南美"，大概是每个江南文人的使命感吧！

然而真正进入阿健的文本，我却忘掉了我的江南，进入了他的江南……

阿健的题目之短与文本之长形成了独特的对比。或者这就是《左氏春秋·文说》中所言，"或一二言而止，或连篇累牍，千百言而不止，一二言未尝不足，千百言未尝有余"。

确实，千百言未尝有余，因为这不只是一部关于临平的写生集，这是一部个人的成长史。在这部散文集中，我们看见一个少年或者一群少年在这片土地慢慢长大，从20世纪走到现在，慢慢有担当，慢慢找到一种归属感和使命感。所以看着文字，我会完全沉浸在少年的生活中：那时的少年真好，有大把的时光去探寻那漫山的映山红、覆盆子、青冈栎果、野栗子，去扪^①蟋蟀、知了、纺织娘、金龟子、螳螂、天牛，去挖荠菜、马兰头、地瓜，去剥茅针、络麻；去打弹子、翻洋片、折三角包、丢沙包、踢毽子，就这样走过大大小小的桥、看深深浅浅的井、爬高高低低的山，尽情在这个江南小镇嬉戏成长。读这些文字是一个治愈的过程，我们都是70后，对比现在的孩子，突然发现，我们的童年怎么会有那么大把大把"虚度"的光阴，可以整天去游荡，整天去招惹花花草草，整天听音乐、看小人书甚至去偷偷干些"坏事"。而正是这大把大把的时光，造就了自由自在的心灵，造就了与天地自然相往来的心灵，如果没有童年汲取的这些阳光和能量，我们一定也会在当下的快时光中身不由己、无比焦虑。很多年以后，我们仍可保留一颗童心，保留让自己心满意足的一段岁月。

　　正如阿健在文中说的："只要有回忆在，在某个中秋之后国庆之前的月夜，你依然会看见月色洒满那个简陋的篮球场，像风吹落一地珊瑚树的细碎花瓣，像极我们曾经没有来由但却依然骄傲的、忧郁的、令人怀想的青春。"

　　而当一曲已毕，很容易就能想象作者沉浸于过往、沉浸于文字，一气呵成，结束之后那种释怀或者难以释怀的感觉，一时之间，竟然不知今夕何夕，慢慢想起来，才发现正是年华已半，青春悄然流逝。不知我这样的想象，是否合乎阿健文毕时的场景。

---

① 江南方言，捕捉的意思。

少年的成长之时，中国正发生着天翻地覆的变化。当少年渐渐成熟，他对这片土地越来越眷恋，也越来越稔熟，甚至慢慢地就有了一种使命感。

阿健在代跋中说道：

> 我出生于 20 世纪 70 年代初，至今正好是 50 年。半个世纪的时间，正处于临平更是我国历史上天翻地覆变化的时间轴上。忽然想到，即便皓首穷经，我也写不完临平历史之万一，那么为何不能以一名 70 后的视角，从自己的回忆写起，从身边的人事写起，用文学的手法叙述在岁月长河时代变迁里的那些旧风景和旧人事，使长者得以回忆，使同龄者得以共情，使后来者和外来者得以知晓呢？若能如此，临平文脉的这棵大树便有了一条新的根系。虽然它未必是一条主根，但以小见大，以管窥豹，多少能让临平人以及外来的客人得以忆起或者窥见临平从改革开放以及城镇化历史进程中的时空一斑，这不是留住乡愁、介绍故土的最好的"乡愁名片"吗？

虽是从自己的回忆和身边的人事写起，却蕴含着临平千年的岁月，而那些岁月是自然而然流淌在每个简约意象之中的。所以，我们可以看见宋代临平的繁华时光、清代临平商号的发展史、晚清的临平过客俞樾、中华人民共和国成立之后小镇工业的发展，再到都市化、集团化的当下。而"我"和"我"的那些少年"峰峰""伟伟""阿连"，甚至那些宛如小说中的人物"黄德福""杨卫卫"，就是在时代中浮浮沉沉，在这片土地上走过属于自己的童年、中年。而那些工厂、国营照相馆、小人书摊、电影院、气枪摊、校园也在生命中闪闪烁烁、在时代中完成或者继续着自己的使命。

　　"一字唤起一整套意念"——这就是我看完《临平十九韵》最想说的一句话。

山

∽ **1** ∽

舟过临平后／青山一点无／大江吞两浙／平野入三吴……

　　咏临平的诸多诗里，我最喜欢的还是元人吴景奎的这一首，气、韵、意、景均属上佳。搜检资料，吴景奎的相关介绍并不多，但读过他的一部分诗词，发觉有些青藤老人 ① 的笔意。应该也是典型的"平生空有凌云志，一身襟怀未曾开"的书生意气。没办法，自古才人皆如此，说到底，可能是因为心里那根"该死"的傲骨。

　　吴景奎写得没错——自武林方向西来，过临平入吴地，临平山是最后一座可以见到且称得上"山"的山。

　　作为临平本地人，提到山，首推临平山，说临平也必先说临平山，否则就是对临平的不尊重。

　　临平山又被称为东来第一山。海拔 200 多米，不高，还比不上北

---

① 　青藤老人：明代书画家徐渭的号，青藤画派鼻祖。

面不远处的超山。我仔细想了一下，从上海一路东来有个叫金山的地方，也叫金山卫，但现在的上海金山区已没有真正意义上的山。据说金山嘴的海面上有三座山峰，其中有座大金山曾是上海最高地标点，但我没有亲眼见过。再过来就是上海的佘山，我去登过，只是一个小土坡，但上海人对它金贵得不得了，因为沪上真没有山。

至于嘉兴一带过来，除了海盐南北湖的高阳山鹰窠顶，海拔200米不到略有点山势外，只有海宁尖山之类散兵游勇式的小矮山，也成不了气候。

我想起山东寿光市有座叫静山的，据说是中国也有说是世界最小的山，仅高0.6米，戳在一块麦田里，一步就能跨越，但气势峥嵘，看着绝对不只是一块石头这么简单。

2

小时候听嬢嬢说起，有一年黄梅天发大水，从临平山上冲下来一只巨大的穿山甲，一直冲到干河埠的河道里，让元帅殿里的老道捉了。街坊都去围观。穿山甲最后被老道杀害炖了下酒，用鳞片换了铜板又沽了数十斤酒。

通过这段口述的往事，我捕捉到如下信息：一是原来临平山麓和镇上的河道都是相通的，镇子还保持着依山水而居的古风；二是穿山甲在当时是比较罕见的，而且鳞片可入药，很值钱，肉估计也很美味；三是老道还是有点胆色和本事的，否则也不会这么洒脱地捉杀了它，如果演绎一下，可能就是一个志怪传说了。

镇上的人故去，多半是抬去临平山下葬。当然也不一定，附近可以选择的山很多。比如我家祖上太祖大人就葬在小林茅山。但临平山位居镇西最高处，择向阳高处而眠，灵魂在风景里守望着生死于斯的小镇水土，也是古已有之非常美好和浪漫的一桩事体。

但童年的我丝毫无法体味和感知到这种浪漫。

临平山对于那时的我们来说，就像怀春少女见初恋情人一般：很想去又有点怕去。为什么呢？山上有太多坟茔，老的新的，漫山漫坡都是。云遮住山的上空时，山风吹过墓碑和坟前的松柏，会生出阴森的寒气。还有就是，那时的它完全是一座野山，根本没有巡守的保安，时不时听说山上发生意外事件，大人们再三告诫我们不要上山。

山上却实在太好玩了，时时有说不出的妙处：春天是漫山的映山红。夏天在知了的吟唱里寻找覆盆子酸甜的果实。秋天采摘一种尖尖的像子弹头一样的叫橡子的果实，那其实是山毛榉科的青冈栎果，富含淀粉，送到收购站里可以换钱。和它很接近的一种果实是苦槠果，外形更浑圆，用火柴梗穿过中央就成了一个小陀螺，拇指食指捏紧了一捻，便能在书桌上转很久。还有野板栗，用石块搓去外面的刺，剥出里面带有软壳的迷你型小果实，放到嘴里一咬，"哔"的一声，清甜的果肉味道就充盈了整个口腔。野栗子煮熟了更好吃，但临平山上并不多见。那时的国庆节前后，常有老太太携着一布袋熟野栗子坐在路边售卖，给她五分钱，自己用手撑开上衣口袋，她用一个蓝花小酒盅满满盛上一盅倒进去，有时还会额外多加一个盅底。嚼着野栗子一路上学去，是难以言说的美妙体验。

～ 3 ～

临平山上最神秘的还是洞，水龙洞和旱龙洞。

嬢嬢说小康王①避难，在蜘蛛洞口结网的就是那个旱龙洞。从山脚往上爬，旱龙洞在山腰靠上北面一点的位置，我去过多次。洞厅很宽大且下沉，可容纳数十人。洞里依稀还有类似于古庙的地基遗迹，疑似以前用来求雨的白龙祠遗址。洞壁上有面目全非的摩崖造像，我们小时候叫它们"菩萨头"。最神秘的还是洞口左侧的石壁上，另有一个非常小的洞，洞口窄小仅容一人侧身过，进到里面点亮蜡烛，那是可容一张八仙桌大小的空间，再往里似乎有延伸的趋势，却被一堆乱石堵得严严实实。这个洞我们也叫蝙蝠洞，就是传说中的小康王的避难处。我那时总是在想金兀术一定是个傻瓜，换作我追到这里哪怕出于好奇也要爬进去看一看的。

旱龙洞也叫洞里洞，是古临平十景之一。据说蝙蝠洞是和超山连通的，这个就没法考证了。我觉得这个洞可能就是古书上说的细砺洞，出产细砺石，品质应该是极其好的，粗细不知道是多少目②——宝剑锋从磨砺出，这个石头拿来磨刀总应该不差。

水龙洞在旱龙洞的上面，古登山道的北侧，据说从来没有干涸过。洞口不大，斜插而入，像一口自然形成的井，极其幽深的样子。洞隐藏得很好，仔细走下去看才能发现有几级台阶一直延伸到水里，水差不多漫到洞口，水清如碧玉但并未清澈见底。

我觉得水龙洞才是真正适合潜龙居住的地方。同时我总是想不明白为什么在这个海拔的山上还能储有这么多水。但不管怎么样，水龙洞总是带给我非常神秘的感觉。

---

① 小康王：指宋高宗赵构。
② 目：网目的简称，表示标准筛的筛孔尺寸的大小。在泰勒标准筛中，所谓网目就是1英寸长度内的筛孔数目。目数越高，孔眼越多。除了表示筛网的孔眼外，它同时用于表示能够通过筛网的粒子的粒径，目数越高，粒径越小。

山南侧原是一个巨大的采石场,我还依稀记得在那里采石的场景。后来废弃了多年,石矿上长了茂密的芒草,在秋后的风里孤独地招摇。再后来辟成了体育场。我最喜欢爬到这个大缺口的上方俯瞰临平镇,多年以来一直如此。

～ 4 ～

书上说临平山也叫卧牛山或者晾网山。"卧牛"应该指外形,"晾网"我觉得应该和先民的渔猎生活有关。它最有名的别称叫邱山(丘山),因邱(丘)丹[①]隐居处而得名。原先我不太了解这个邱丹,知道他是在 1983 版电视剧《射雕英雄传》播出以后,牛鼻子老道邱处机闻名天下,不知道哪个人说邱丹就是邱处机,我们就真信了,一度很荣幸"全真七子"之一居然就住在我们的临平山上。直到今天,我还是很喜欢金庸先生塑造的这名道士的人设:潇洒俊逸,武功上乘,疾恶如仇,又兼具家国情怀。我一直很喜欢道士,认为他们的装束比和尚好看,而且可以佩宝剑,一剑就能斩妖除魔,不像和尚磨磨叽叽地拿根禅杖。如果要我选一本武林秘籍来修炼,我肯定首选武当派而非少林派,当然,元帅殿里那个吃穿山甲的道士不在此列。

后来搞清楚这两者是风马牛不相及的。邱处机是道士,而邱丹是隐士,也可以说是处士。不过,当初那个"造谣者"其实也挺冤的——邱处机和邱处士只差了一个字。邱处机是元人,约比唐代的邱丹晚了四百多年出生。可能他们都炼丹修道,但在历史上的角色和定义是完全不同的。邱处机七十多岁去找成吉思汗劝他止杀,是一位有大德大

---

① 邱丹:唐朝诗人,浙江嘉兴人。

仁大爱之人，而邱丹显然是一个飘然世外的高人隐士。

不过，白龙祠原址旱龙洞的洞壁上还真有邱处机的题字，所以邱丹和邱处机都来过临平山是不争的事实，只是不知道杭嘉湖平原上这样一座并不起眼的小山，为何收纳了这么多"大咖"的足迹，这也算是个谜吧？

怀君属秋夜／散步咏凉天／空山松子落／幽人应未眠。[①]

这是我最喜欢的唐诗之一，是韦应物寄邱员外的诗作。当年，他们是很好的哥们儿，可能常在一起把酒言欢，关系就像小学时期的我和邻居峰峰一样要好。可惜后来峰峰因为我弄死了他的鱼和我反目了，还大打出手，一度和我划清了界限，以至于很长时间我都找不到一个和解的机会。

不得不承认，这是一首好诗，表达了同样拥有才情而沦落江湖两地的好友之间惺惺相惜的纯真友情。

临平山上后来也种了很多落叶松。这种松树能长出巨大的松塔。秋天的临平山真的很美，风入松，如天籁，静夜思，俯众生。天高云淡，思想空旷而高远，念天地之悠悠，独怆然而涕下——在山上确实容易感冒流涕，有好几次我从山上回来都因受凉而发高烧，一直折腾到去诊所打了退烧针为止。按大人的说法，很可能是在山上撞了鬼。

其实，我更喜欢的还是陶渊明的那两句："少无适俗韵，性本爱丘山。"内心深处，我一直把这个"丘山"视为临平山。

---

① 出自唐韦应物《秋夜寄丘二十二员外》。

5

临平山以外，镇子周边还有很多山，有名的和不出名的。比如我前面提到的茅山和超山。超山"十里梅花香雪海"，缶庐老人吴昌硕独爱之，声名远播自然不必多说。茅山原是一个非常有底蕴的小山头，风景优美，山顶还有农家，如今不存在了。竹篱茅舍，是个隐居的好地方。我家祖坟原来就在那里，后来迁走了，山被推平后，成了一个楼盘，开发动工的时候，记得还发掘出了史前的农耕遗迹。不过，那些东西没有时代发展来得重要，被忽略不计了。

我总是想起那时茅山的样子，山脚远方一望无际的稻田、古桥、水杉林与河流。

临平附近还有桐扣山、黄鹤山和皋亭山。金农和王蒙[1]在那里隐居过。天子岭垃圾填埋场、石矿和工厂的建成，都是后来的事了。这些山远远拱卫着临平。还有一些诸如丁山、里横山之类的小山包，都曾留下我少年浪游的脚印。它们普遍很小，呈小土丘的样子，但山上植被丰富，茂林修竹都是自然生长的模样。哪怕是再炎热的夏天，只要走进这片山林，就感到无比地清凉。

杭嘉湖平原的山，基本就是这个样子。再往西，安吉、临安及至安徽地区的山又是另一番气象。尤其是徽州的山水，"一生痴绝处"的美景是实至名归的。多年前我热衷于户外徒步，几乎登遍了长三角地区略有名气的山，也曾自驾造访祖国的名山大川，徜徉于沈从文笔下的湘西大山，穿行于艾芜《南行记》里滇缅交界的群山，涉足黔东南、

---

[1] 王蒙：1308—1385 年，字叔明，自号黄鹤山樵，吴兴（今浙江湖州）人。元末明初画家。

广西、福建等地的重峦叠嶂。这些游历，颠覆了我之前作为一只江南小镇井蛙对于山的所有想象。

6

一度觉得隐士是一种难以理解的生存状态。

我始终在思考一个问题：为什么隐士们多选择江南这类不成气候的丘陵山地呢？窃以为，隐士本身就是一种很另类的存在。他们诞生于特定历史时期的特定阶段，隐居的目的各不相同，有些是为了故作清高，有些是为了进行艺术创作，有些是为了更好地出仕，有些是为了得道长生，也有些是看破世间凡尘，还有些只是辉煌之后择一处佳地终老。无论出于何种目的，大隐于市，小隐于野，他们多半希望离市镇之地近一些。生活资料的交换、时局信息的获得，到底是在临平这类沿海富庶之地方便些，并且这些小山丘山水俱佳，泥石流、洪水等自然灾害较少。

归隐，很多时候只是一种暂时的生活状态，总不能像伯夷、叔齐这样"不识时务"的严肃隐士，最终落得饿死首阳山的下场吧！很多有识之士准备随时出山，归隐不过是为待价而沽摆出的姿态，并且江南交通发达，也便于朝廷及时召见、延请。

7

临平山早已焕然一新被辟为公园，那些坟茔业已平复，不着一丝痕迹。一条环山游步道、一条绿道像两条漂亮的丝带缠在山腰，又像卧牛的缰绳。一些旧景点被发掘，新景区不断得以完善。在高处是很容易看出一座城镇的变迁的。

山的北麓有规划整齐的公墓群，给我讲过穿山甲和小康王故事的嬢嬢也安息在那里。茅山被推平以后，临平山显得超然兀立，有些孤冷的意味，尤其是在冬天下了两场江南越来越少见的雪之后。

东来阁建在旱龙洞旁的山之西麓，东来远望，只见它矗立在层层茂密的松林中，闪耀着不锈钢般现代而威严的光泽。山卧在那里，脊上染了茫茫而辽远的白色，像不辞羸病卧残阳的老牛。山很老了，身上也多了很多新的钤印。贯通山的南北有了第三条隧道，山北的楼盘如同江南平原上生长的森林。

∽ 8 ∽

谁似临平山上塔，亭亭，迎客西来送客行。[①]

皋亭、黄鹤二山已辟为龙虎山国家森林公园，山上的亭子里居然有金冬心的介绍和漆书对联！可惜我还是没有找到真正的桐扣山佛日寺古道。环山步道已经建得极为完善了。当年，超山因超然于皋亭、黄鹤诸山以外而得名，一直是临平区块最重要的省级名胜古迹，如今得到了很好的保护开发，每年梅花节盛况空前。

但是当下要去附近山中觅得一处合适的隐居之所，已是一件奢侈之事。

---

① 出自宋代苏轼《南乡子·送述古》。

但山还是要有的。

就像一幅唐宋山水画卷里，山一直作为最重要的元素而存在。如《富春山居图》《黄夏山高隐图》，一层层的山峦，一层层的溪流、飞瀑、小桥，一层层的竹、树，依势而筑的亭台、茅舍，或拄杖寻隐，或松下抚琴，或荷锄夕归，或采莲弄孙，或高台对弈，或寒江独钓……总是让人产生无限的遐思。

以我略知的黄鹤山为例，自认为实际的风景是远不及画家笔意的，大师巨匠们把所有关于归隐的美好意象组合在一起，这就是艺术的再创作，也寄托了隐者对美好闲适生活的向往……

黄鹤山樵要是在古稀之年不出仕，该有多好！

他既是隐者，为什么过了法定退休年龄很久还要出仕呢？

山是依托。

除了茅山之类无足轻重的小山丘可以随时被推平以外，随着环保意识的加强，我相信现存的诸山不太会被人为消抹去了。临平不在地震带上，发生地壳变动的沧海桑田在我有生之年大约是无缘得见了。

无论山是以何种方式存在、存在于何处，是高还是低，是大还是小，是现实、画图和想象抑或记忆，它们都像一个个无言的朋友，默默守望在不远处。

我总是想象有一天能再次循着记忆中的、梦中的、理想中的临平山道，经过旱龙洞、水龙洞，翻越临平山巅的营房，登临西麓的古塔，眺望远处上塘河上的点点白帆。

我望见古临平湖浩浩汤汤延绵至武林门外，渔舟唱晚。钱江之潮滚滚而来，涌入我的梦里。

　　暮间的雾升起来了。山色空蒙里，风掠过松林，像另一种波涛。

　　有什么轻轻掉落在地上？

　　是松塔吧！

2021 年 8 月 30 日

桥

•

•

写下这个标题的时候，我心里涌起的是一种悲壮的心情。

没错，就是悲壮。

物质和精神财富都相对匮乏年代的最大好处，就是每部文艺作品都会被认真细致地一遍遍复习、咀嚼。

比如书籍、音乐和电影。

在我看过的所有文艺作品里，南斯拉夫电影是最具革命浪漫主义和英雄主义的，最经典的两部便是《瓦尔特保卫萨拉热窝》和《桥》。

请原谅我不止一次在叙述中提到这两部电影。艺术的感召力对人的三观的影响真的可以是一辈子的。

这两部影片在 20 世纪 70 年代末临平镇的电影院、水泥厂附近的乡村露天电影场被不断反复播映，却从来不缺少热情而期待的观众。无论是人物塑造、故事情节、镜头处理、主题思想、背景音乐，还是服装设计，它们堪称教科书式的存在。

可以肯定的是，两部影片影响了我们 70 后一整代人，情节和台词一次次被我们在日常游戏中模仿。峰峰最喜欢扮演盖世太保、国民党下级军官或者军统特务什么的，于是他总是一次次被我们打晕扛走，或是像癞皮狗一样被干掉。而他扮演的这些角色无一例外是歪戴着军帽或鸭舌帽，看上去一副欠揍的样子。这非常符合角色的人设。

很抱歉的是，作为一个基本虚拟的反面角色，峰峰将被多次穿插于我的叙述中。

没办法，我需要峰峰来充当一个非必要的过渡。

——施密特，我的望远镜。

——是这座桥，就是它。

——是这座桥，上校先生。[①]

南斯拉夫电影《桥》，拍摄于 1969 年。故事讲述的是一支游击特遣小分队在英勇机智的队长"老虎"的带领下，深入敌后，斗智斗勇，将计就计，粉碎了敌人的种种阴谋，最终成功炸毁了架设在军事要冲上的大桥，使纳粹妄图在撤退途中消灭 5000 名游击队员的计划灰飞烟灭。

那一天早晨 / 从梦中醒来 / 啊朋友再见吧再见吧再见吧

一天早晨 / 从梦中醒来 / 侵略者闯进我家乡

耳边萦绕着轻快的进行曲风格的主题歌曲。走出影院的时候，我总是很遗憾：临平为什么没有电影中那样的大山和峡谷，也没有那么一座桥供我和峰峰们去破坏和炸毁呢？

但临平有著名的东茆桥。

我和同学考证过东茆桥，确认它不适合我们去破坏。

它横跨于临平最繁华的陡门口东面的上塘河之上，很长时间内它是临平的地标。临平旧景的俗称是非常有意思并且巧妙的，比如，洞

---

① 出自南斯拉夫电影《桥》的台词。

里洞（我在《山》一文中提到过）、河里河、桥里桥、寺里寺……

东茆桥就是桥里桥。据嬢嬢说，原来桥的北侧下面还有一座桥，不是行车走人的，有个水闸门通往北侧的支流小河。我觉得这条小河应该和我家门前的干河埠 ①、史家埭等处的河流都相通。临平水网河道纵横，想来那时和塘栖也差不多。

东茆桥又叫桂芳桥，比较好听。桂花在临平也不少见，特别是在桥两边那些深宅里。但这个名称应该和里人折桂高中的典故有关。桥北顾家弄和桥南（音"杰格"）弄，一路看似很不起眼的小石库门里，藏着的是无比丰富的内容。一进又一进的青石板天井、牛腿雕梁，屋檐下接水的七石缸、很雅的花草，慵懒的猫、烤着铜暖炉子打盹儿的老人，以及红灯牌收音机里播放的苏州评弹或者江北小调。

说到江北调，临平是个很包容的镇子。以前镇上有不少撑着捕鱼船从北方一路迁徙过来的"江北佬"——我承认，这个称呼确实含有本地人歧视外来人的意思，但实际上临平人并不排外，也从来没有为难过外来人。他们捕鱼一路过来，看中临平这个安逸宜居的江南小镇，于是起了念头住下不走了。这里进可攻退可守，万一发生灾乱，随时可溯水而遁。

江北佬非常勤劳能干，在时间的长河里，他们慢慢上了岸，在北庙河或者其他小河沿岸一带搭起了小棚户，顺带做点小生意，再慢慢建了平房，渐渐融入本地人的生活。在 20 世纪 80 年代初的开放大潮中，他们成为第一批吃螃蟹的人，在北庙河小商品交易市场承担了主要角色……

再回过来说桥。

---

① 埠（hàn）：指小堤，多用于地名。

东茆桥是一座很有味道的桥。

我遇见它的时候，已经没有桥里桥的奇观了。它只是一座看上去比较普通的单孔石拱桥。读初一的时候，我每天都要从桥上来回经过四次。从干河埠穿大园里，入顾家弄，过东茆桥，再经河南埭、缘弄，到达学校。

这是一条走不厌的路线。虽然也可以选择从干河埠过元帅殿旧址经赵家弄去学校，但我几乎从来不走。沿着东茆桥的东大街原是一条青石板路，这条路不知道存在多少年了，路面已被来往的行人车辆磨得光滑无比。临平最早建镇的时候，这里就相当于中央商业区了，聚集着聚乐园饭店、方泳隆南货店、杨瞎子算命店、冯源兴羊鸭号（我祖上创办的）等最具规模和名气的老店。

小时候，我最喜欢随父亲去方泳隆南货店。走进气派讲究的石库（箍）门，厅堂很幽深，弥散着一股海鲜干货的腥味，感觉那里会有神秘的故事，但又说不上来是什么故事。店里售卖山珍海味，有发菜（一种细如发丝的名贵菌类干货）、荔枝干、桂圆干、金华火腿、鲍鱼乃至海参和鱼翅！那扇白色的大鱼翅摆在展柜最显眼处，可以想见它的主人曾是多么生猛和威风！

杨瞎子总是很淡定地捧一壶茶坐在自己的算命店里。因为铁口神算声名远播，所以找他算命的客人都很恭敬和虔诚。杨瞎子这样的算命先生是颇有地位的，但凡被称为"先生"都少不了一技之长，比如账房先生。但"司务"就要略逊一筹了，比如裁缝司务；"匠"就更低一层，比如鞋匠、木匠、漆匠、泥水匠、箍匠等。高中毕业后，我和杨瞎子的孙子成了朋友，整天一起浪游，他的父亲，也就是杨瞎子的儿子，在钟表店里担任钟表司务，也是有一定地位的。毕竟电影《瓦尔特保卫萨拉热窝》里英勇的游击队员谢德，也是德高望重的钟表司务。

东茆桥的台阶一直延伸到东大街的街面，和所有古桥一样，因为长年累月地服役，经历了太多，显得极为沉静和沧桑。

有一个住在离桥边不远的老人，临平人叫他"大头太子"。他个子不高，头确实有点大，是那种发育畸形的大，头发也很少。但他穿得一向整洁，洗得发白的中山装风纪扣扣得很严实，用格子手帕擦脸和擤鼻涕，穿一双老式的系带黑皮鞋，擦得锃亮。即便天晴他也夹着一把洋布伞。有时路过我家会在厅堂里坐一会儿，抽一根烟，沉默寡言。

嬢嬢说他家曾是大户人家，小时候家里有很多奴婢、劳工，差不多半个临平镇都是他家的产业。他一顿早饭吃碗粥，要剥十几个咸鸭蛋，只吃蛋黄。家里给他招了好几房童养媳，但他智力发育似乎有点问题。据说他还食过鸦片。后来岁月变迁，这户人家最后破落了。

很多次放学回家，我看到他呆坐在东茆桥的桥栏上，双手拄着那把布洋伞，形单影只地注视着河里的水流，心事重重的样子。

他在想什么呢？

东茆桥的桥拱特别圆，月色下倒映在河面，像是临平专属的上塘河上的大月亮。

上塘河总是给我一个错觉，好像小时候它是很宽的样子。但从桥拱的宽度来看，它并不宽。南宋时期，它是东来进京（临安城）面圣的必经之路，官员坐船到中央去，多在临平东茆桥附近歇住一晚，再西去就是著名的班荆馆，相当于今天的国宾馆。现在的上塘河一定是缩水了，看上去像一条阴沟。河水基本也不流动了，早已丧失了漕运功能。

东茆桥后来翻修过几次，其中最大的一次就是把两头的台阶截断，改成从与桥塅平行的两边台阶步行而上。

这个改建的现实意义是很明显的。

第一是东湖路上的恒达立交桥得以建好，南北大街也已经贯通，东茆桥早就失去了原有的交通功能，行人要过上塘河，再也不必推着自行车沿着桥栏内侧小心翼翼地过桥了。

第二是其其弄和顾家弄。那片神秘莫测的深宅早就被夷平，东大街需要拓宽便于汽车通行。东大街北侧的地块已被某集团征得拆平，营造新的城市商业地标。该集团后来建了两座宏大的商住一体大厦，中间是步行街，肯德基、必胜客等商家纷纷入驻。大厦侧面看上去呈弧形，像两片蚌壳，看上去极薄。

总之，东茆桥最大的改建就是把两头桥脚截断了，后又在上面修了一个碑亭，立了一块碑，讲述此桥的前世今生。

我一直觉得陡门口这个地方可能是有点风水上的讲究的。尽管多年以来它已经奠定了临平商业中心的地位，但入驻的商家一直命运多舛。比如早年的泳隆南货，后面的烟糖公司、临平百货大楼等，都是一样。

某都大厦，也就是那个综合体建筑一时风光无二，引进了华联等商业巨舰，过了几年，老板因多元化经营，资金链出了问题，公司倒了，人也"进去"了。后经多次重组变迁，大厦又入驻了盒马。

由来只有新人笑，有谁听见旧人哭？生意场就是那么回事，人生或也如此？

罢了，罢了。

这么多年在我的心里一直有两座桥。除了东茆桥，就是隆兴桥。这座桥是我嬉游最多的地方，就位于临平中学南门外。它跨立在镇东的上塘河上，看上去比东苕桥更古老。桥身损毁得比较厉害，石雕的莲花座和石狮子相间的望柱已经被风雨剥蚀得看不清原来的模样。桥心是一块雕着回旋状水波纹的龙门石，被岁月打磨得极其光滑。古桥上的龙门石是极为漂亮且富有内涵的雕刻，我一直想收藏一块。

隆兴桥也叫龙兴桥，因龙兴寺而得名，就是老一辈常说的"寺里寺"的所在。它原来叫妙华庵，后来宋高宗迎回被金朝扣押的人质老母韦太后，就在这里驻跸。天子住过的怎能称庵呢？于是便升格更名为龙兴寺。

这是高中一位汪姓的历史老师讲给我们听的，他也教过我父亲。我最喜欢听他的课。他是个不修边幅的、身材管理欠佳的"老头子"。夏天常穿着破旧的有破洞的老头汗衫，下身一条短裤，趿着一双咖啡色的塑料拖鞋，操一口萧绍土话讲课。他讲安史之乱，讲安禄山的肚脐眼像荸荠一样大，唐明皇拿着去了头沾了石灰的箭对着他的肚子射着玩，杨贵妃在一旁拊掌大笑……他课讲得很好，夹点野史但又不是无凭无据地信口开河。我觉得他是一个很有趣的人！

这么想来，小康王和临平真的是蛮有渊源，包括临平的名称来由（南宋偏安一隅的临时平安），洞里洞避难，寺里寺驻跸……可为啥不是唐高宗而是宋高宗这个破落户呢？事实上，临平的名称来由在历史上要早得多。

舅公爹爹说，在清代（约乾隆年间）寺前是关帝庙，山门后是龙兴寺，寺（观）里藏着寺，所以叫寺里寺，直到新中国成立后被拆平辟为我就读的临平中学。想来，那时候临平人拜关公、拜佛祖一举两得，经济省事得很。道士、和尚和谐相处，殊途同归。

查史料，隆兴桥迁移过一次。它至少建于隋代，后来可能因为龙兴寺或者别的什么原因，西移了过来，中间隔了一个潘公闸。我仔细回想了一下，桥东面确实有个古闸口，虽然后面建了水泥的机埠，还是能清晰地分辨出老石头堆砌的古闸遗址，石头上还刻了字，但忘了是什么字。

一定是"潘公闸"！不可能有第二种解释。

潘公闸是一个水利工程，就好比附近的梅潭堰，甚至是像成都都江堰一样的伟大存在。人们为了纪念主导建造此工程的潘姓专家或者官员，故名之。临平旧景"河里河"，也是上塘河的水利工程，位于西大街老豆腐社附近。

再回来说隆兴桥。我遇见它时，应该是乾隆年间迁址重修的了。它看上去极其沧桑，不太有人关注它而只是使用它。建桥的石料主要是武康石。这种石料也是我后来才知道的。武康石原产于德清下渚湖边的防风山上，是古代较为名贵的建筑石料。我还专门上山寻访过那个采石场遗址。武康石的石质接近于红砂岩，质地更为致密，颜色也较深，接近紫色。紫色是祥瑞之色，紫气东来。但隆兴桥若是在清代重建，那么所采的武康石料应该不会出自防风山，因为自明洪武年间这种石料已被禁采。还有一种可能，这座桥的大部分石料是从老桥迁移过来的。我认同后一种推测。从望柱和大部分桥栏的风化程度来看，两三百年不至于剥蚀到这个程度，同时，这座桥有非常明显的修缮痕迹，桥身石料的新旧程度和材质都是不一样的。

撇开上述推测，隆兴桥是我非常喜欢的一座桥，远胜于东茆桥。一是因为它独立于镇东的上塘河上，北端连着学校的围墙，南端散落着民房和田地，毫无商业气息；二是桥身爬满了藤蔓类的植物，比如络石藤、薜荔藤、构树和野枸杞。我记得桥东北塊还有所小房子，房后靠着桥生长着一棵很大的构树。夏末，像杨梅一样的构树果纷纷落到桥面的台阶上，被人踩了，烂乎乎一片红色。构树果味道寡淡，没有人吃。

最好看的就是野枸杞。它们非常之浓密地长在西侧的桥身上，一串串密密匝匝从桥侧挂下来，一直垂到水面。枸杞红的时候，桥身上就像缀满了红宝石穿成的珠帘。古老的桥梁和植物的蓬勃生机完美地结合在一起。桥的南侧是东西走向的沪杭铁路，时不时有绿皮火车驶过，形成非常文艺的构图。可惜我那时还没有学过摄影，更不像美术老师那样会画画。

捋一把枸杞子在嘴里，酸而微甜，也并不十分好吃。但这个味道和桥身挂满枸杞的场景时不时会出现在我的梦里。

临平段的上塘河上还有不少桥。简单回忆了一下，比较熟悉的由东往西依次为隆兴桥、东茆桥、解放桥、中山桥、西洋桥（西阳桥）、保障（宝幢）桥、星桥、跨塘桥。后几座都是近现代新建或重修的桥。据学者考证，保障桥并非宝幢桥之讹，事实上，它们是两座不同的桥。这并不重要，因为保障桥一定是受到宝幢桥的影响才得名，否则不可能无缘无故起这么个桥名，至少我是这样认为的。星桥，在我遇见它的时候已经是铁制的桥面和桥栏了，像一座缩小版的外白渡桥。而经过水泥浇制的跨塘桥，距离外婆家的桐扣村也不远了。

骑着自行车，经过每一座桥，来来回回中，我长大，成熟了，平添了许多成长的烦恼。

对了，上塘河再往东去，长安镇有一座虹桥，也是武康石制，保存得比隆兴桥要好，但由于非临平境内之桥，在此不作展开。

隆兴桥还在。修缮过后，它依然横卧在绸厂改建的新天地文创园东侧。桥身少了藤蔓，它看上去像是一座新桥。我好像有些不认得它了。桥的北侧是一个叫"珑昕泽第"的楼盘，也是临平中学的原址。楼盘预售的时候，我也一时兴起想倾家荡产去购上一套，想着可以每天面对隆兴古桥怀想我的青春时代，可后来想到中学时期被教导主任追赶的仓皇记忆，再看隆兴桥今日的模样，便意兴阑珊了。

此"珑昕"就是"隆兴"的谐音。开发商何以要改成这两个字？我不太明白，也不知出处。大约这两个字更时尚洋气、更讨彩头吧？

这个开发商也很有意思，开发的另一个高尚住宅区也是以桥命名，叫"保元泽第"，内部小桥流水的园林设计出自一位大师。最绝的是，把崇贤一座叫保元桥的古桥拆建到小区里，据说是征得了文保部门的同意，因为要开发桥的原址，出于保护的目的，在按要求付了一笔费用后，把它按原样照搬了过来。

妙！

保元桥非常精致，下面是人造的卵石沟渠，横着一条蚱蜢舟，很"江南"。它总算找到了合理的归宿。

我专门又去了上环桥。

上环桥位于山北小林。高中时期的秋日，周六下午我们一群"纨绔子弟"经常骑着自行车，扛着气枪去上环桥村打鸟。

小林那里有大片的良田，成熟的稻子，著名的小林黄姜——叶子像小竹子的黄姜，有口皆碑的临平甘蔗，很老的香樟树，以及更老的上环古桥。

我们掰了甘蔗，躲到河岸下啃，看古桥在不远处的水面无声跨卧，秋风吹动河岸上的狗尾巴草，再远些是大片掩映在竹林和水杉里的村舍，还有后来被推平的茅山，气枪铅弹打不到的高空里有大雁呈"人"字形飞过。我们觊觎着农家自然放养的走地鸡，像一群饥饿而狡猾的黄鼠狼。

再高明的画家也画不出那样的场景了。

山北现在是经济技术开发区和密集的商住区了。我再也不能凭记忆轻易找到上环桥了，导航带我找到它时，周遭没有一块田土的痕迹。它还是跨卧在河上。桥北侧一路之隔是某城房产最豪华的楼盘——W重院，南面是新开发的建材商城。

上环桥陷在开发区大片建筑的中央，如同掉在操场上的半个指环，渺小、孤单而微不足道。

我在桥下市级文物保护单位立的石碑前发了一会儿呆，突然敬佩起保元泽第的开发商来。

临平各处还有很多桥。但我不是记不起来了，就是觉得它们无足轻重。这不取决于其所具有的功能或者文物价值，而取决于它们在你心里的位置。我不是桥梁学家，不具备专业知识，也没有义务去统计和分析，只觉得对于江南来说，桥应该是不可缺失的景物甚至是文化图腾，它们承载了太多的历史和精神依托，以及关于古江南的所有美好想象，尽管它们中的大多数已失去了交通功能。

你站在桥上看风景 / 看风景人在楼上看你
明月装饰了你的窗子 / 你装饰了别人的梦 [①]

影片《桥》的结尾，桥的设计者终于按下了起爆按钮，把自己和桥融在一起，在世界反法西斯战争中完成了光荣的使命。扎瓦多尼和班比诺的血也没有白流。骄傲自负的德军指挥官霍夫曼博士终于得到了应有的下场。

---

① 出自卞之琳《断章》。

如果我在战斗中牺牲 / 啊朋友再见吧再见吧再见吧

如果我在战斗中牺牲 / 请一定把我来埋葬

请把我埋在 / 高高的山岗 / 再插上一朵美丽的花

每当人们从这里走过 / 都说啊多么美丽的花 ①

有的桥虽然不在了，但刹那芳华却永远留在我的心中。

2021 年 9 月 11 日

---

① 南斯拉夫故事片《桥》插曲《啊朋友再见》的歌词。

途

●

●

从水泥厂到桐扣外婆家有两条路。

除了我经常提及的翻越石马岭、过乌龟山那一条山道，另有一条是直接从厂区宿舍穿越临杭柏油马路，经联盟村委（现在的星桥街道汤家社区），再路过一个叫江家塘的小自然村落一直到桐扣。

我喜欢在春天走第二条路去外婆家。

相对来说，这条路的前半程比较单调，一条约 300 米的土路，北向穿过两边的田地到达村委会。村委会的西北侧有一个清澈的大池塘，塘边有棵大香樟树，树的枝丫低垂接近水面——这几乎是江南乡村的标配风景。

池塘的浜岸边有数块平整的青石板（多数是老墓碑）搭成的埠头，延伸到水里，供村妇洗濯之用。这些青石板的下沿经常可以摸到很大的青壳塘螺蛳，这种螺蛳剪去屁股，切几片姜，舀一勺豆瓣酱，浇点菜籽油，在饭镬的蒸架上蒸熟了，鲜美无比。

村委会的东侧是母亲曾经教学的村小学。从这里开始，风景突然就好了。

我沿着小河港边的小路走。

河水清澈，有鲹条鱼和"马达郎"等小小的野河鱼游来游去。我觉得野河鱼是一种很治愈的动物，每次看到它们在水里游弋的时候，我的心情就会变得很好。我也相信古乐府诗里写到的"鱼戏莲叶间"的鱼，一定就是这种小河鱼而不是别的什么鱼，比如现在养来观赏的锦鲤，虽则色彩斑斓，却没有这种格外治愈的感觉。

河道两侧都是大片的青草地，间杂着各类随意生长的植物，可能因为是免费的，所以都肆意生长着。

有一种叫泽漆的草，经常鹤立于平伏低矮的草地之上。它的叶子像舒展分叉的大花苞，每一枝上都是五朵，挺好看。它有另外一个很好听的名字，叫五朵云。它的生命力顽强，但枝叶有毒，同时可以入药，据说牛羊吃了会烂肠子。

马兰头贴地生长于河岸，满坡都是，它们的梗子是紫红色的。这种马兰头会比较老，但与笋丁炒食或者凉拌口感极清香。

茅针①拔起来剥开外皮，棉絮一样的内芯味道是鲜鲜的，这是一种鸡肋般的零食。白白的茅草根也可以挖出来吃，一节节的，嚼起来有股子甜味。

荠菜稍微过几天就老了，开出白色的花来，在春风里成片成片地摇晃着。

刚刚抽出来的狗尾巴草有嫩黄的绒毛，像极了刚出生的小狗尾巴；而野枸杞则垂着细密的枝条，它的嫩芽瀹②食之，是美味的野菜。

水芹贴着河岸边蓬勃生长，标配是用香干炒食，但它有股子浓重的药味，我不是很喜欢吃。

还有开着蓝色小花的鸭跖草，很低调地匍匐在草丛里。

---

① 茅草的嫩芽。

② 瀹（yuè）：煮。

枸骨是另一种灌木，生长在河岸边，枝干粗短，根扎得很深。它的叶片油亮油亮的，叶端有很尖锐的刺，很好看，还能长出红色的小果子。我们叫它"老虎脚底板"，形容它是轻易摸不得的。据说这种树做成盆景可以卖好价钱，但似乎不太有人去挖它。

雀梅，叶子小小的，表面光洁，背面却是毛茸茸的紫色。街上的人也常用这种树的老桩制作盆景。

还有金樱子，长满刺的藤条上开满了白色的花，结的果实也都是刺，用石片刮去刺后可以嚼吃，我们叫它"糖罐头"。

田地里油菜花开得旺极了，蜜蜂嗡嗡地叫着，在春光里让人有昏昏欲睡的感觉。

紫梗芋艿在水边展开了宽大的叶子，上面的露珠亮晶晶的，像唐诗里的珍珠。

经过一座小石桥。不是石拱桥，是平的梁桥，桥身爬满了络石藤，非常古朴的样子。桥栏下躲藏的那只漂亮的翠鸟我早就看见了，它忽然从桥下钻出来，快速掠过水面，激起一串涟漪，羽毛在春天的阳光下反射着斑斓的光芒。

它抓到鱼了吗？

江南的春是多么短暂和美好，美得像童话里从来不笑的美丽皇后瞬间的开颜。但我记忆里，童年江南田野的春天一直是微笑的。

那个春季的周末早上，我唱着《让我们荡起双桨》，背着装满小人书和考试双百成绩单的书包，独自穿过田野去外婆家。那是心里轻快到要飞起来的时节。

油菜很快结了饱满的荚，被采收以后的油菜秆成片地倒伏在地里。这时候络麻苗就长出来了，看上去小小的，很柔弱的样子，但它们其实长得很快。等它们拔地而起高过人头顶的时候，就接近暑假的尾声了。

一夜之间到处都是长势汹涌的络麻。它们像大规模的、密密的低矮森林，覆盖了临平周边乡村的大部分田地。每次当我不得不穿过络麻地间的小路去到外婆家的时候，总感到有一点恐惧，怕有歹人突然从地里窜出来把我抱走卖到马戏团去。

我于是握紧了书包里的皮弹弓。

据说在北方平原上生长着漫无边际的高粱地，被称为青纱帐。

《黄河大合唱》里的歌词我也非常熟稔：

　　万山丛中 / 抗日英雄真不少；青纱帐里 / 游击健儿逞英豪。

我没有见过青纱帐。江南有什么植物可以和青纱帐媲美？

我认为是络麻地。

但没有收割的络麻一点也不讨人喜欢，还带着刺。络麻远远比不上番薯。夏天经过番薯地时，随意找一垄藤，顺着摸下去找到主根，用力往外拔。拔的时候要用虚劲，或者用小刀松动周边的泥土，不然很可能就拔断了。番薯拔出来的时候，往往是大大小小的一串，红红的薯皮带着泥，却十分诱人。在河水里略洗一下，用随身带的铅笔刀削去外皮，咬在嘴里脆甜脆甜的。

为什么每年的暮春到初秋，临平周边的农村都种满了络麻？

这不是我要考虑的问题。

什么季节种什么作物，是生产队长决定的。生产队长是很厉害的人物，有些还兼任民兵连长，比如我舅舅。那时候的民兵居然还能配枪！五六式半自动老步枪，带着尖尖的枪刺。

但络麻到底是干吗的呢？

直到很久以后，我才知道它的用途。

络麻似乎是一种介于草和树木之间的植物，曾是杭嘉湖平原最重要的经济作物，而临平一带出产的络麻是最优质的。现在的很多年轻人不知道它长什么样子。这么说吧，它长得有点像秋葵。如果你连秋葵长什么样子都不知道，那我就没什么好比喻的了。

络麻高丈余，叶子像展开的鸡爪。好像还有印度络麻和台湾络麻的品种之分。它的花也长得很像秋葵的花，又像蜀葵的，柔软的鹅黄色花瓣、紫红色花蕊，很漂亮，可恨的是，花蕊里往往长满了令人不快的小虫子。

络麻的叶梗倒是很好玩。途中无聊的时候，我常常采一把梗子，摘去叶片攥在手里，一边走一边做宝塔玩。两根梗子交叉在一起，其中一根均匀地从两边折下来，再拿两根左右夹在两侧腋下，把没有折的第一根再折下来包紧……这样，就从一个尖角开始，越来越大，到最后折成一个塔状。这个结构非常牢固，我觉得发明这个玩具的人一定是个木匠，说不定就是鲁班传授下来的。当然，这些梗子还能做成小狗之类的造型，外公就会。

络麻的采收大约在9月开学前后，那时已是初秋时分了，暑气渐渐退散，但秋老虎的余威仍在。

生产队开始忙碌起来。男女老少都会集到地里，分工明确。一部分人把络麻连根拔起，像鲁智深倒拔垂杨柳一样。虽然络麻的根系并不深，还是需要付出很多体力，所以这部分工作由青壮年完成。又因为络麻的汁液很黏稠，所以劳作的人都要穿上胶皮围裙，为了抵御毒辣的日头，还要戴上宽檐的草帽。负责夹络麻的人，用两根尺长如笛子般的竹管，叫麻夹筒（这个名称有倒装的古风意味又言简意赅），一人把络麻的主茎穿过去夹紧，另一人抓紧络麻的一头，使劲儿往后一扯，出来的时候枝叶就纷纷掉落，只余光洁的主茎了。这是一个既要体力又要配合技巧的动作。我没有操作过，但现在回想起来，觉得是非常高难度的一件事情。接下来就是剥麻、扎麻和沤麻等一系列流水作业环节，也具有极高的技术含量，在此不做科普。我只知道络麻的采收是一件很辛苦的事情。那时的我根本体味不到生活的艰辛和不易。

络麻剥去皮以后，里面的络麻秆洁白光净，一捆捆摆放在田间地头。采收季结束，除了这些络麻秆以外，土地在夏秋交替的间隙去除了所有遮蔽，素面朝天，像从来没有种过什么一样干净。

络麻秆是非常优质的、可玩性极强的玩具材料。配合麻皮，你可以把它做成各种各样的玩具，手枪、冲锋枪、机枪、宝剑、大锤、芦笙……它的材质很是轻盈松脆，只需一把小刀，就可以切削、截断制成任何造型的玩具零部件。并且除了用来生火，这东西几乎没什么用处，虽然易燃但热值不高。所以每年采收季，我们从地里拖来络麻秆，发挥自己的想象，DIY各种玩具，再走出家门显摆PK一番。

络麻秆的缺点还是脆，一不小心就折了、碎了，精心加工的艺术品一下子就成了废品，多半还是付之一炬，但我们仍是沉迷于制作把玩的过程而乐此不疲。

剥好的络麻是需要浸到小河港里去沤熟的，也就是通过发酵除去皮质，只留下麻的纤维质。这个过程要持续好一阵子。在沤麻的日子里，小河港两头筑起土坝，形成一个不流动的长池子。络麻被成捆成捆浸满了整个河道，渐渐散发出令人作呕的奇臭，同时，河水也渐如柏油色，整个乡村弥漫着一股令人不快的气息。

好在这个过程并不会持续太久。络麻洗尽铅华，被搬上岸晒干以后，就呈现出丝般洁白的光泽，然后整整齐齐地码上钢丝车，像一车

临平十九韵 · 途

车精美的艺术品，送去乡里的麻站。河道慢慢利用自净能力恢复了清澈，螃蟹和鱼儿照样出没于解放草丛中。

那时候，我其实一直不知道每年种那么多络麻是用来干吗的，只是依稀知道它们可以用来做麻布、麻袋和麻绳，可要那么多麻袋、麻绳做什么？

浸麻水大约有毒性，也能造成河水缺氧。

每年秋天，上塘河上游会大量排放这种黑色的水，河里的鱼儿便纷纷露了头。特殊的捕捞季来临了。这是我们的节日，我和表兄妹们跟随大人，拿着大小脸盆，站在齐腰深的浅水边，伸手一条条捞那些浮头的有气无力的鱼，一会儿就能捞满一盆，多半是一寸余长的小鲫鱼。上塘河里怎么会有这么多的鲫鱼啊？难怪书上有"密如过江之鲫"的成语。

捞来的鱼，大人们剖杀晒干了，放在砻糠上烤，用黄酒蒸熟了下酒，奇香，可以一直吃到冬季。

络麻收购站散布在临平、星桥、乔司、翁梅各处的要冲。它们大多坐落于河道边。星桥的麻站就在上塘河的河岸边，临平的麻站是在临平中学门外的河道边，它们都拥有巨大的麻仓，我猜是为了方便运输。

初中时期，我从位于星桥的家骑自行车到临平，基本都是沿着上塘河一直往东。当时都是窄窄的乡间土路，路两边是洁净的田野，间或生长着低矮的桑树。沿途要经过一个叫丁山的小山丘，上面生长着茂密的毛竹林，是极为清幽之处。然后经过道古寺、地毯厂、宝幢桥、西阳桥、解放桥、中山桥、西大街、东大街……一路沿河到学校。

那个夏末是 8 月 31 日，暑假后开学报到的第一天。

清晨起了浓密的雾，天气凉得像提早入了秋。

我特意穿了一件长袖的薄衬衣，骑车去学校。星桥街上的铺子都还没有开门，雾浓密得看不见五六米开外的情景，像下着细密的小雨，使得我头发和眉毛上都挂了白白细密的露珠。还没有到络麻采收季，麻站空旷而孤独地站在那里，默默看着我路过。

我骑车穿越高高的络麻地。当时，我已是中学生，长大了，不害怕了。我时不时按一下车铃，让它随意发出清脆的声音，想着班上同学们的笑脸。

络麻三三两两、有意无意地开着花，呈现出一种很散淡的姿态。我穿行雾中，络麻地掩映在两旁，形成一道初秋时节的青春长廊。

我特别喜欢这种在路上的感觉。

那时候，临平和星桥都被田野包围着，那是没有侵略性的、温暖的包围。我想临平湖要是还在，星桥和临平应是被湖水包围着，它们守望在湖的东西两岸。

那时候还没有络麻这种植物，但湖面上一定有密密的菰蒲和芦苇吧？

荇草在远处的渚边开着黄色的小花，还有菱角和藕花。一只水獭像甩出的水漂一样掠过河面，钻进浜岸的洞里，谁也休想抓到它。

还有一种叫"满江红"的浮萍也开花了，细细密密的，极其壮阔，在夏天的夕阳下，照亮了临平湖四周大大小小的河汊港湾。

2021 年 9 月 2 日

雨

·
·

～ 1 ～

我曾经在《老屋纪事》里提到，老屋门前有两棵硕大无比的泡桐树，它们长得非常之高，树冠也很广大，能挡住大部分的雨。

很多年来我总有一种错觉，认为泡桐花是在梅雨季节开的。事实上，梅雨季节来临时，泡桐已经结籽了。我清晰记得泡桐开花的时候，花的味道很特别，香臭莫辨且难以描述，闻着有点晕晕的。泡桐花呈渐变的浅紫色，柔弱无力的喇叭状，挺好看的。

日复一日地雨打着花，慢慢地它们就萎凋了，像一群韶华已逝的妇人。花期结束的那段日子我走路去学校，经过泡桐树下，不时会有钟形的花萼掉落到泥地上，或者坠落到伞上，无力地弹了几弹，像是在做最后的挣扎。随后不多时，那些花瓣在泥地上皱了，腐败了，不复枝头的娇俏。

泡桐树少了花，树叶依然非常阔大，遮挡住了我大部分的少年时光，直到冬天的来临。

冬天的泡桐是孤独忧伤的植物。叶子落光，像个裸身大汉无奈而萧瑟地伫立在风中，枝丫毫无规律地穿插着，偶有干枯的籽有气无力地挂在枝头，和它背后灰色的水泥建筑形成生无可恋的背景，每次都令我有种挨不过严冬的感伤。当然，我指的是树。

❧ **2** ❧

江南的梅雨时节总是漫长而充满忧伤。老屋的北面是史家埭。据说那里原来贯穿着一条河。埭，本就是河上堤坝的意思。老屋的南面是一条叫作干河埠的逼仄小街。埠，也是堤坝的意思。这个曾经的江南小镇，原先数千年来一直是湿地地貌，是水系河网纵横的所在。你称它为"东方威尼斯"也不为过，现在已经见不到这些水系了，在我出生以前它们就已经被填平了。

听说那时候每年黄梅水发起来的时候，父辈们把钓鱼竿从老屋的木窗抛出去，小半天就能钓起很多小鱼，炸酥了下酒，还可以拿到集市上变现，成为一笔可观的零花钱。如今每次听到父辈描述老屋岁月，都会觉得那是一段多么诗意的过去。

但事实并非如此。我说过，很多时候回忆会给岁月加上怀旧的滤镜，选择性地滤去很多清苦和艰难。彼时那个雨季，我的父辈们常为饥饿和潮湿而焦虑，他们连正常就学都成问题，需要徒步到几十公里外的闲林埠去上学。

我记得泡桐树是一种生长极快的植物。每次见到一棵小泡桐发芽，居然在几天内就能拔成几米高，仿佛山间的竹子般。据说泡桐树长大就成了空心，而且木质十分疏松，基本上派不上用场。于是我又不明白为什么要种这种植物。长到十数米高，占了很大的底盘，就为了看它开花吗？况且，花也并不算惊艳啊！

雨季来临的时候，不免又想起梧桐树。按古律，这江南的梅雨必须是打在这种树的叶子上才算是合乎平仄韵律。不知为什么，现在几乎不太见得着这种树了。我曾经一度以为泡桐和梧桐是一种树，后来又把法桐也当作梧桐的一种，直到多年后才明白，泡桐属于玄参科，而法桐根本不是梧桐树，正式学名叫悬铃木。

外婆家后面就有几棵真正的硕大无比的梧桐。暑假快结束的时候，梧桐树上的籽也差不多成熟了，高高的树冠上，满目可见累累枯黄色的果荚。舅舅砍了毛竹，把钩刀绑在竹梢上，然后举到树冠上把果荚钩下来。我们的任务则是把梧桐籽从果荚里捋出来。梧桐籽挨挤在果荚里，像一个个听话的孩子。梧桐籽在火炉上的铁锅里炒熟了，孩子们就拿来分食。它们非常香，是那种焦香，但几乎没什么果肉，嚼在嘴里的口感是渣渣的，吐出来觉得可惜，吞下去又是糙糙的。有一次，我吃了太多的梧桐籽以至于呕吐了，从那以后，我对这种鸡肋的果实就不再感兴趣了。

梧桐树的树皮是青色的，非常光滑。后来我才知道这种树是专供凤凰来栖息的。可我若是凤凰，肯定觉得泡桐树比梧桐树更适合栖息。我也想过：凤凰吃多了梧桐籽，会不会也呕吐？

外婆家在桐扣，位于古临平湖西岸，桐扣的石鼓最后是用了蜀地的桐木做成木鱼而扣之有声，桐扣因此得名。

太多古人写过梧桐和雨，想来这两桩物事原本就是密不可分的。梧桐的叶子宽大且薄，细雨打在叶面上是那种真正的淅沥之声，有寒意，可引发幽远的怀想和诗情，这也许是古人喜欢梧桐的重要原因之一。可不知为什么，近年很少见到梧桐树，江南的雨，少了梧桐，就少了一个最合适的归宿，略有些遗憾。

～ 4 ～

总体来说，夏雨是一件非常美好的事物。雨点打在农舍外的竹叶上，打在老屋街对面人家的木槿花篱笆上，打在泡桐叶上，打在小院角落里那丛叫作蕉芋的叶子上。蕉芋这种植物有点像美人蕉，蕉叶的边缘是紫色的，开花并不张扬，也不像芭蕉那样具有文艺范，但它的块茎是可以挖来磨制淀粉做成粉条、粉丝的，现在大概已经不太有人知道这种植物了。

雨打在蓖麻叶上。这种植物一般都是种在墙角。蓖麻的果实外皮是青色长满软刺的，剥开来味道非常难闻。而蓖麻籽硬硬的，像塑料做的，上面有黑灰色的斑纹，据说可以提炼飞机用的润滑油，有一阵子学校还组织我们去采集。蓖麻籽有剧毒，我们当时不知道，记得我还咬开来尝过，幸好没事。

雨打在一种叫作曼陀罗的植物上。它高可及胸，开着白色的喇叭花，通常种在墙角，果实的气味也非常难闻，据说是麻沸散的原料。

现在回想起来，我们的童年充斥着凶险。我不知道那时为什么总是种植这些稀奇古怪而无实际用处的植物，尤其是蓖麻和曼陀罗，我个人认为它们是很阴暗的植物，想起它们就令我感到不快。

～ 5 ～

工厂宿舍的后面是一座小山。梅雨季节来临之前，我常去山上拔野笋和采公公。公公就是树莓。山上长满了竹子，还有很多野坟。偶尔蹿出来的四脚蛇也是比较恐怖的动物。记得也是这样的季节，漫山遍野会长出一种小花，叶子像葱兰但又很小，花朵呈白色带紫褐色条纹的喇叭状，非常优雅，根部是葱一样的小小鳞茎。那时没有识花的App，我至今不知道这是什么花，每次忆起，只是无端地喜欢它，喜欢它孤芳而不张扬的精致。有时我会挖几棵回来种在花盆里，但是没几天就枯萎了。

老屋的土墙上常年长着几株蒲公英。它们长得随心所欲，一副可有可无的样子，仿佛自己的生长与这世界无关（事实上也确实无关）。土墙前的空地上种了十数棵楝树。楝树也是一种很奇怪的植物，表皮也是光滑的，却布满了麻点。楝树的花非常好看，盛花期的时候，远远看去像一片斑斓的紫雾。它的果子就不那么讨人喜欢了，像一串串黄色小葡萄却不能食用，果子成熟的时候会烂在地上，不小心踩到了，就是一片糊状物，散发着难闻的气味。同样，我也不知道为什么要种楝树这种不尴不尬的树。

栾树、白杨樱花，这些时下最红的树种好像都不曾在我少年时期的记忆里出现。只记得当年这个季节，女贞树应该已经结籽了。还有村道两侧那些长得笔直的老水杉，像是一把把指向天空永远不曾打开的伞。

～ 6 ～

下雨了，我们躲到电影院的前厅玩"解放军、美国佬"的角色扮演游戏，却偶然发现了一个地下室。最调皮的那个小个子同伴在我们的协助下，费力地掰开钢筋做的栅栏，爬进去以后发现里面是一个仓库，堆满了废弃的放映设备，还有一些老唱片，是胶木的那种。小个子的脸上洋溢着发现宝藏后的喜悦。他首先递出两张唱片给我，外面还套着牛皮纸的封套。这让我如获至宝。别的小伙伴也分得了数张，不过他们最终用铁丝做成一个手柄，在地上推着它们直立转圈，赋予了其全新的玩法。

记得小个子后来没有成功从仓库撤离，我们被闻声赶来的管理员发现，登时作鸟兽散。可怜的小个子钻进了仓库的铁栅栏却钻不出来，脑袋被夹在两根栅栏中间，百般挣扎却无能为力，双手无力地拉扯着夹在耳朵两边的钢筋，试图让自己舒服一些，终因绝望而抑制不住，"哇"的一声哭了出来，直到被赶来的大人解救出来并遭"逮捕"。我们躲在远处看着他被带走，那架势就像被盖世太保带走的犹太平民。我们甚至有点悲伤地想象他会被带到操场后面的山坡上"处决"……从英雄到阶下囚，原来只有两根铁栅栏的距离。

我记得小个子用"生命的代价"偷出来的两张唱片中，有一张是革命样板戏钢琴伴唱《红灯记》，正好那时我家有一架四速电唱机，便把胶木唱片放到唱盘上，小心翼翼地摆上唱针，红色的胶片芯转动起来，小小的房间里响彻慷慨激昂的时代旋律……

～～ 7 ～～

雨季来临的时候，我会常常想起石马岭的那条山道。

整座桐扣山仿佛都被清洗了。鸟儿们愉快地在树叶间跳来跳去。山色空蒙，少年的我穿着雨靴和大大的雨衣翻过山道，仿佛把自己和雨暂时隔离开来。游离在雨之外，看这座山，看这条山道，看远处若有若无的山影，看铅灰色的天穹，看山溪渐渐变得宽大浑浊，冲刷着山泥，如同黄色的巨龙滚滚而下。

我沿着数百年前石头铺就的古山道，静静地走着，从少年走到中年。山道已经不复存在，但回想起那些景致的时候，我心里依然充满了沉静的忧伤。

而今的雨季，我最喜欢独自驱车，盘旋在各处人迹罕至的山道上，曲折迂回。引擎的声线，时而婉转，时而激昂，仿佛弹奏一曲心中的骊歌。雨，淅沥地轻敲车窗。把天窗打开一条缝，以便雨声能更清晰地传入耳畔。如果这时再放一首凤飞飞的《往事如昨》，心底更会充满回忆的忧伤和喜悦。

在雨延绵不绝的时候，也会盼着天晴，想象着阳光灿烂的户外，无忧无虑地嬉戏奔跑。春愁、夏雨、悲秋、凛冬，四季有不同的情怀和感触。天地间其实自有大乐趣，而多数时候，庸常忙碌的我们所欠缺的，只是一颗善于感知和发现的心灵。

年年雨季，年年感怀。人生里曾经的那一场场洁净而微凉的夏雨，史家埭的、桐扣的、水泥厂的、石马岭的，已不再来。

2021 年 10 月 27 日

虫

·
·

～ **1** ～

夏和秋，是自然界声音最丰富的季节。

鸣虫们基本活跃在这两季。

小学暑假，父亲带我去抲"斗鸡"。

"斗鸡"是临平话里的"蟋蟀"。"抲"是抓的意思，我们念"括"
（一声）。临平话有不少接近于吴语或者上海话的发音，用普通话的
拼音是敲不出来的。临平人称"我们"叫"阿拉"，和上海人一样。
但上海人叫蟋蟀为"财绩"或者"财吉"（音），很多年后我略考证了
一下，这个应该不是讨彩头的发音，原字很生僻，发音接近于吴地古
语，因为苏州人也是这么叫的。

水泥厂里的杭州人叫它"蛐蛐儿"，这是标准的杭州儿化音，带
着中州遗风。

斗鸡是一种很上品的虫，活跃在夏季的江南，也存活于我的少年
记忆里。长三角的富庶之地盛产斗鸡，当地人也玩得比较精致，从斗

鸡的分类、配套的器皿、食料到蟀草，都是最为讲究的。特别是斗鸡罐的材质，从紫砂、陶瓷、有机宝石到贵金属等应有尽有，年代久远的成了文玩，在古玩市场能卖出不错的价钱。玩斗鸡的配件远比斗鸡本身要丰富，比如携虫的小竹筒、过笼（蛉房）、捕网等。

外乔司翁金线到海宁一带，盛产极品斗鸡，每年夏夜聚集大批人去田里抓斗鸡，以至于把那里的桑树地、番薯地、络麻地、甘蔗地、黄豆地、辣椒地等翻个底朝天。那里出的斗鸡品相特别好。每年7月至9月，乔司老街上就形成专门的斗鸡集市，上海人坐着火车赶来，专门到现场收。据说品相好的斗鸡可以卖出几百元的高价，这在当时差不多是一个工薪阶层一年的薪资。这真是匪夷所思的事情。其间，临平火车站的主要"票房"收入就来自收斗鸡的上海人。乔司周边的农民多年来练就了高超的鉴别技能，凭叫声就能分辨出斗鸡的品相和大致市值。但抓斗鸡是个危险的苦差事，夏末秋初，蹚着露水出没在野地里，致使很多人后来得了风湿病。

父亲锯了两段小竹筒，长五六寸，一头带节，在靠近节的一端平行切一道小口子，纵向再切一长条，留作透气孔，斗鸡筒就做好了。

暮色四合的时候，父亲带上三节头的手电筒领着我去柯斗鸡。

厂宿舍的围墙外就是大片田地。翻过围墙，跨过一条小河就来到农村的广阔天地。野楝树在更远的河边田野上三三两两地伫立着，独秀于大片的络麻地之上。

我们沿着厂生活区北侧的小山脚走着。山上是大片的毛竹林。番薯叶子很茂密了，一垄一垄整整齐齐，地边漫不经心地生长着大片南瓜藤，这种作物实在太容易成活了，开着粉嘟嘟的金黄色喇叭状的花，在藤蔓里不显山不露水地匍匐着。南瓜花一般在清晨盛开，傍晚就皱成一团，像是做了亏心事被人发现了一样。有时候还能看到花蒂下已结出青青的小南瓜。

父亲高度近视，都是先分辨斗鸡的叫声，再慢慢趋近发声的来源，打开手电找寻斗鸡的洞穴。

斗鸡应该是很聪明的虫子，它们的洞穴基本建在相对干燥的高处。法布尔有个名篇就是说斗鸡的，这是我很久以后才读到的。

父亲确定了斗鸡的洞穴位置后，就翻开泥土，徒手挖下去。很快，一只斗鸡突然跳了出来，被罩在手电的光里。父亲没有去抓它，因为这是一只"三枪斗"，也就是尾巴后面是三根尾刺的雌虫，不会斗也不会叫。奇怪的是，每次先出来的都是它，难道是护夫心切？还是夫妻本是同穴鸡，大难来时各自逃？我那时在想，为什么不把它抓了，和雄的做一对养起来，然后生很多很多的小斗鸡呢？

再挖下去，突然就有真正的"两枪斗鸡"蹦出来，跳到丈余外，很矫健的样子。父亲没有捕网，先用手电照定，再徒手一下子扪上去，把它罩在手掌下，然后小心地拢起来，稳稳地把它虚握在手心，再把手凑到竹筒口，慢慢把它放进去，顺手扯一张络麻叶团起来，将竹筒口堵上。

我们抓来的斗鸡品相一般，加之我从小就不喜欢对赌类的游戏，基本不拿出去斗，只是养着观赏和听它鸣叫。

2

我觉得古人娱乐方式有限，便习惯从大自然中寻找各种乐子。虫子是被玩得最多的，有些还被玩得很雅。特别是鸣虫，比如斗鸡、黄蛉、知了、油葫芦、纺织娘、蝈蝈……

知了叫得最噪的时候，却是我最惬意的时候。何故？因为暑假来了，可以去外婆家的小河港里捉鱼玩水，也可以切半个西瓜翻一本小人书。我记得那年暑假的一个悠闲下午，我舀着西瓜看着《木偶奇遇记》，伴着窗外声嘶力竭的知了声，写成一篇读后感。没想到开学交上去后，老师表情严肃地把我叫到办公室，问我是从哪里抄来的。在我断然否认，表示受到了极大委屈并申明纯属原创后，这篇文章参加了杭州地区七县一市的"红领巾"读书笔记征文大赛，并荣获了一等奖。这在临平这样的县城里是比较罕见的，从而激发了我立志成为一名作家的远大理想。

知了有很多叫法。正宗临平人根据它的生存周期叫它"夏至鸟"①；星桥一带叫"老钳""摇嘶它"，特别是"摇嘶它"完全就是象声词，它们嘶叫起来就是这个发音，好比火车驶过的声音很像"轧煞不管、轧煞不管"。知了背上那块拱起的肉是可以烤、炒或炸着吃的，极其美味。但我们从来没有馋到要吃它的地步，倒是有同学专门去树干上撸它们蜕下的壳卖到收购站。蝉蜕是一味极好的中药，据说能挣一个学期的代管费。

抓知了不难，有很多种方法。比如用根铁丝挽成圆形，蒙上旧蚊帐的纱网，套上长竹竿，循声找准榆树、无患子或者柳树上的它们，迅速罩上去，就八九不离十了。也有很多是用那个圆铁丝到屋角各处缠上足够多的蜘蛛网。论这个技术活儿，数峰峰最厉害，每次都能抓很多。他还喜欢用石头砸草丛里的癞蛳②，按老人的说法，以后找他索命的知了和癞蛳的魂灵也会很多很多。按我外婆的评价就是"伊的孽作得有点透"。我觉得就算他被动物们索命，也算活该，

① 音"沃之吊"。
② 即蛤蟆。

"罪"有应得。

还有一种方法，就是弄点面粉，加了水在手里揉，揉成一小团面筋，待到面筋特别黏稠，就按在长竹竿的顶端，看准了知了一下子搭过去，它的背部就被粘到面筋上了，即便疯狂振翅，也是徒劳。

刚蜕壳的知了上树，是它年轻的时候，绿莹莹的背部很光洁的样子。此时，它的翅膀像除去叶子的肉再蒙了玻璃纸的叶脉，好看极了。用手按住它的腹部，它就"吱——"地叫起来，虽然叫得比较被动和勉强，我们却觉得很好玩。一只知了在我们手里很少有超过一天的，要么放了，要么就被玩得半死了。

夏再深一点的时候，知了也老了，背部颜色也会变深，接近咖啡色，这时它的复眼爆出于头部两端，有点像小螃蟹的眼。

黄蛉这东西我似曾相识，但从来没有抓到过。最早见它是在杭州岳王路花鸟市场，像极小的蟋蟀的模样，通体金黄，呈半透明的油亮色，装在一个火柴盒大小的玻璃盒内。它的鸣声很雅，是那种清脆的"吉—吉—吉"的声音，接近金属的铃音。听到它的叫声，我想起晚间在水泥厂宿舍常能听见这样的叫声，但从没有注意过，也未曾去抓捕过它。

它的声音并不响，却鸣得很文气，有点像摇滚乐里突然穿插了一两声悠远的埙声，耳目一新的感觉。

油葫芦是非常大的蟋蟀，看上去有点可怕地大，油亮油亮的，我们叫它"牛污斗"，经常可以抓到。父亲能分辨出它和蟋蟀叫声的分别。它一般不能斗，却是玩虫之一。可我们从来不玩，觉得它不够上品，通常用土块砸死或者放任其逃走。牛污斗和油葫芦到底是不是一种动物，我是不确定的。

南瓜藤里最容易抓到的是纺织娘。它的叫声其实不止一种。有时候发出一种类似于织机的机杼一样的"咔嗒—咔嗒"声，但这台"织机"的润滑可能不佳，总伴随着节奏发出零件彼此摩擦的噪声；有时候也会转变风格，发出类似于单缸摩托发动机的声音，无节奏地一直响着，这是我后来熟识摩托车后才联想到的。

纺织娘外形类似蚱蜢，却好看得多。它的头是圆的，复眼巨大。事实上，鸣虫会叫的多是雄性，纺织娘也不例外。纺织娘很警觉，人一走近它就不鸣唱了，要是你的视力足够好，就能在叶子边缘或者叶梗上抓到它。它通体碧绿，绿得有些晶莹，像水头很足的翡翠，特别是两扇小翅膀，几乎是半透明的呈尖角状向上拱起，两根触须长且敏感地乱探；两条大腿向后折拱着，随时一撑就可以跃出老远。从它的后背悄悄摸过去，拇指和食指同时夹拢，很容易就把它抓住了，但一定得用虚劲，不然就捏伤或者捏掉脚了。我在文化馆里看过工笔花鸟画展，有一只纺织娘就停在南瓜藤上，但它的头背部正中央带有一点褐色，不是我抓到的那种全绿的。

纺织娘和蚱蜢一样，你要是用手抓住它的后肢，它便会在你手里不停地作揖，样子很滑稽。母亲说那是它在祈求放了它。

刚抓回来的纺织娘是不叫的。我把它放到装糖水橘子的广口瓶里，扔一朵南瓜花进去。到了晚上，关了灯躺在床上，它便小心翼翼地试探性地唧唧了几声，确认没有问题后，便机杼大作起来。要是咳嗽一声，它便立刻噤声，过一阵子又开始吟唱。

其实，鸣虫都有这样的习性。纺织娘在晚上叫起来还是很好听的。

蝈蝈在本地的全称是"叫蝈蝈"，嬢嬢也这么叫它。它长得和蝗虫一样一样的，我基本分辨不出二者的区别。本地似乎从没有人抓蝈蝈，我们能获取蝈蝈的途径基本都是市售，而且卖它们的都是操北方口音的外地人，仲夏，他们突然就出现了，挑着大串大串的蝈蝈笼子走街串巷，不用吆喝，老远就能听到它们嘈杂而霸气的叫声。付上几角钱，卖家就随手从挑子上解开绳子，递过来一个精致的小笼子。我不知道蝈蝈是怎么进到笼子里的，那小笼子浑然一体并没有出入口。我怀疑是编好笼子不收口，等抓了蝈蝈放进去，再编了收口。总之，它待在里面，就像天造地设的豪华单间。

把蝈蝈挂在老房子二楼床边的窗棂上，它便随遇而安，很快熟悉了环境并开始"蝈—蝈—蝈—蝈"地叫，没有一点要中断的迹象。有时候我咬一小块黄瓜，或者把南瓜花塞进去，它才暂时不叫，身子缩上一缩，随即凑上去用口器快速咬着吃，像兔子似的挺可爱。奇怪的是，它那么吵，我的午睡反而特别香。

个把月后，天气凉了，蝈蝈身上的颜色渐渐由绿转褐，像青草渐枯了似的。然后某天清晨起来，它僵在那里，再也不叫了。这家伙的寿命只有几十天。我把笼子拆了，把它从"豪宅"里取出来，摘了天井里的葡萄叶包裹了，埋在葡萄藤的根下。

这个时候要穿厚的两用衫（外套）了，冬天就要来了。

3

夏天，井栏边除了井水冰镇好的西瓜，还有种在老墙边没什么用的榆树。

榆树的树干和桃树一样，看上去不太干净，总是渗着一些树汁，有虫害。有时会结榆钱，但临平人不吃。老家在北方的同学见了则如获至宝，爬上树一串串捋了塞进嘴里大嚼，仿佛是无上的美味。我试着捋了吃，却嚼得一嘴寡淡的青草味，瞬间觉得自己像只羊。

榆树上都是金龟子。

金龟子，我们叫"金乌龟"，它们的硬壳泛着金色光泽并且会飞。抓金乌龟很省事，只需用力对树干踹一脚，除了少数机敏的飞走以外，其余的猝不及防者就纷纷掉落下来，我们一拥而上，看准一两只用手扪到地上。有时候它们在半空中得意扬扬地飞，我们便拿把蒲扇用力一挥，便拍落到地上。我估计它也挺纳闷儿的：咋回事？撞机了？

金乌龟多了没用。抓一只，用细线卡进它肩胛和外翅的连接处，打个结，用力抛上去，它便展开翅膀嗡嗡地飞起来。拽着线的这头，看它飞上飞下或者绕圈，像操控小飞机一样，可以玩很久。有时候，它实在累了，不肯飞了，我们就抓着线快速甩着它绕圈。停下来的那一刻，它晕了，在不明觉厉的情况下挺无奈地又振翅飞起来，直到再也飞不动为止。金乌龟有股子臭味，玩久了手上也会沾染上这个味，所以玩一阵子就把它们放了，让它们带着那根线爬进草丛里，不问归处。

螳螂是一种很凶残、很狰狞的虫。

它并不会叫。有时候，它趴在枯叶上，或者趴在毛豆梗上，你根本看不见它。它和变色龙似的有保护色，枯叶色和绿色。它老是举着两把砍刀似的前肢，顶着一个只剩两只大复眼的三角形脑袋，看上去一副不好惹的样子，因而我们又叫它"刀螂"。不过，它最厉害的不是自己的刀，而是嘴！我吃过它的苦头。

那天午后放学，我和厂里的玩伴，一个很机敏的大我几岁的同学一起去田里玩。他抓到一只特大号的螳螂，因为想抄我的作业，便慷慨地把它送给我。但这个东西似乎并不听话，当我扬扬得意地从后方抓住它的脖子准备带回家的时候，它的脑袋突然不可思议地旋转了

360°，一口咬在我的食指肚上。一阵剧痛迫使我下意识地松开手，于是角色互换，这家伙得意地飞走了。我的食指立刻涌出鲜血来，玩伴惊愕地看着我，不相信自己的眼睛似的，继而又满脸愧色，像是他咬伤了我一般。我怕感染，连忙挤了挤血。他也反应过来，立刻抓过我的手往自己嘴里放，想帮我吸吮伤口消毒止血。这下轮到我惊愕不已，连忙甩脱了他，后退了好几步。

螳螂会吃头发。有时我们拔了头发喂它，看它像咬一截钢丝一样"咯吱咯吱"地吃进去，然后薄薄的项背上透出那根发丝来。有时候死螳螂的肚子里会钻出一条铁丝一样的虫子来，据说是它的寄生虫，看得人汗毛直竖。因此，我不太喜欢螳螂，觉得它不友好且咬人很疼。

天牛也是一种不友好的虫子。

它身上长有黑白相间的斑点，还有两根特别显眼的长长的触须，也是一节一节的，总让我想起京戏舞台上武将帽子上的花翎子。这对触须使得它看上去威武而不可侵犯。

天牛是法定的害虫，所以怎么抓它、玩它都是正义的，不会有负罪感。它通常出现在榆树上——榆树真是滋养犯罪分子的温床！它会飞，但又不太喜欢飞，经常固定在树上一隅，行动迟缓。

它的外号叫"锯树螂"。按表哥的说法，它一晚上能把碗口粗的树都锯断。不过，表哥的话不能信，他还说小龙虾不能吃，吃了耳朵要聋的，所以叫"聋虾"。这类驴唇不对马嘴的引经据典他张口就来，所以我听听就算了。

天牛也会叫，你不断惹它，它就发出轻微而虚弱的吱吱声，但一点也不可怕。我从来没有被天牛攻击过。可它这么小的一种动物，为什么叫天牛呢？牛不是很大个吗？

然而，蜗牛不是也很小吗？这样一想，也就释然了。

瓢虫是最好玩的一种虫子。上课的时候，它们偶尔会从窗外的植物园直接飞到课桌上。这真是意外之喜。当那个表情严肃的数学老师在大讲几何结构时，瓢虫几乎就是我的大救星。

我不动声色地用手指按住它，它就缩了脚团成一团，像一只迷你的会飞的乌龟。我用笔尖把它的硬翅壳挑起来，抓住里面薄薄的软翅，一扯就掉了，这下它飞不了了。我又把它放回书本后面的课桌上，观察着它。

瓢虫有很多种，我每次抓到的瓢虫，背上星星的数量和颜色几乎都不一样。据说七颗星的是益虫，专吃棉花上的蚜虫。我抓到过七星瓢虫，甲壳两边对称各三星，中间是一粒大星。但为何其他星的瓢虫就不是益虫呢？难道因为七星代表北斗，就像金庸小说里充满正能量的"全真七子"那样，所以带七星的事物都是上天派来拯救地球的使者？我这个逻辑简直和表哥如出一辙，听上去头头是道，实际上纯属无稽之谈。事实上，瓢虫大多是益虫。

不管几星，瓢虫就是好玩。你看着它缩在桌上一动不动，等一会儿，它用触须试探几下，确认安全以后，便伸出脚来，然后快速爬动起来，就像一辆小汽车很稳定地在桌面上平移。它移动时的状态和外形，与原装进口的甲壳虫汽车别无二致。我用笔尖在它面前制造一个障碍物，它会立刻刹车，换个方向继续前行。它的转向系统实在是太灵活了。等它快接近桌沿，我用笔杆横挡住它的去路，它停下来想一想，便掉头回来。我用笔头狠狠敲它的背一下，它马上意识到危险，迅速把头脚又缩回去，形成一个贴在桌面上的半圆球。

然后，我的脑袋也被重重敲了一下，抬起头，看见的是数学老师阴沉的脸。

～ 4 ～

我们把斗鸡带回家。

我找来一个广口瓶，在屋外的地上铲了土，装了小半瓶，然后用木棍压得紧实平整，像夯地基一样。这样，蟋蟀窝就做好了。我们把斗鸡从竹筒过到瓶子里。此时，我才有机会细细观赏它。它很精神，像是对新环境很好奇的样子，用细长的触须到处试探。它背上有淡淡的光泽，并有褶皱的花纹。我捏了点饼干屑喂它，它很快就用几根白细丝似的口器咬着吃。我用菜叶子喂它，它也吃。它很快就不惧怕这个新家了，有时候还把自己藏到菜叶子下面。

仲夏的晚上，整个厂区宿舍安静了下来。我躺在床上，熄了灯。

家里的新客人终于叫起来了，"蛐一啾"，叫得很自信，一点也不拖泥带水，虽然它和老婆永远分别了，却像个真正的艺术家一样痴迷于鸣唱艺术，丝毫不见孤寂悲伤的样子。

众虫里，是它先起了一个激昂的高声部，于是宿舍外面的野地里，各种鸣虫参差奏鸣起来，纺织娘、黄蛉、油葫芦、尚在自由身的有配偶相伴的斗鸡们……

青蛙也叫起来了，呱呱呱呱，带着河流的水声。

月色像被打翻的最甘洌的冰镇果子露一样，从宿舍斗室南面装了钢筋防盗窗棂的纱窗里泻进来，投射在压了白色花边的玻璃台面的小圆餐桌上。窗的一角上空，能看到一小块瓦蓝色的天空。高远处，有三三两两的星子。

那时的夏天，好像真的不太热。

不久就是白露了。

于是在此起彼伏的鸣虫声里，我睡着了，做着未来到遥远天际旅行的梦。

2021 年 9 月 7 日

鱼

·

·

水泥厂位于一个山坞里。

坞，小障也，一曰庳城也，简单地说，是被阻隔的四周高、中间低的区域。江南地名，多有此"坞"字，其实就是山坳里的中心地带，比如唐伯虎住过的桃花坞。本地还有个叫"印花坞"的，很小的时候我骑坐在大人自行车的前杠上去那里春游过，记忆里有良田、美池、桑竹之属，实为世外桃源也。不知道为什么，这个并不重要的画面在我的脑海里的烙印如此之深，想来是因为第一次见到风景如画的地方吧！

为什么要用这么多的文字去讲这个"坞"字，是因为水泥厂所在的地方原也是个极美的所在，叫"佛日坞"。著名的晋代古刹佛日寺就曾坐落在这个山坞里。坞因寺而得名，足以见得寺庙当年之恢宏。

众所周知，寺庙的选址，多是风水极佳、风景极清幽的所在，何况这又曾是一座号称"东天竺"的大寺。如果不是佳境，东坡居士、山谷道人等一众风雅之士也不会涉足于此，黄鹤山樵更不会选择在这里神隐。

很不幸的是，古寺早就被毁。初中的时候，生物老师带我们采集植物化石标本，就曾到访过佛日寺旧址，还在那里搞了一次野炊，成为至今难以忘怀的美好回忆。我清楚地记得那个山坡上有大片古建筑的地基残留。佛日坞的东南侧就是著名的桐扣山石马岭。现在回想起来，桐扣山一带藏匿着多少大墓啊，石马岭上倒卧着的石马石翁仲，又是哪朝哪代的大官呢？

说远了。

寺早就湮没了，原址上建成了后来的国营水泥厂。水泥的主料是石灰石，佛日坞附近山上的矿石资源丰富，还存有喀斯特地貌的小型石林。由于工厂取料、开矿炸山，留下了很多深而广大的宕口，里面一泓碧水，深不可测。

当年父亲在桐扣遇见母亲，后通过招工进了国营水泥厂。当时能进国营工厂真乃幸事一桩。厂区终年笼罩着大量工业烟尘，原来极美的佛日坞也蒙上了永远洗不干净的灰尘，但它一直是作为工厂子弟的我生命里的乌托邦。

再说说分鱼。

每年秋冬季节，厂里都会分黄鱼，按每家在编职工数来分，有名单。锅炉房门口有严肃而权威的工作人员。大家都知道这是个节日，于是纷纷拿出家里的脸盆、水桶甚至麻袋等各种盛具，来领取配给的黄鱼。领鱼的队伍很长，从浴室门口的锅炉房一直排到生活区，绵延数百米。

那是正宗野生的东海大黄鱼。渔汛时，它们聚集在海里是会呱呱叫的，像青蛙一样，这是书里告诉我的。我无法想象海面上鱼声一片的场面，那时我都没见过大海的样子。这些曾经遨游海中的黄鱼在被捕捉后及时运来，虽然是冷冻的，却是无可置疑的新鲜。那时候哪来的养殖啊，渔汛来了，这样的大黄鱼捞都捞不完！

彼时，各种生活生产资料都紧缺，尤其水泥，完全是买方市场。平价水泥都是严格配给。后来，国家一心一意谋发展、聚精会神搞建设，水泥是个万能的好东西，能造房子、抹地坪，甚至能造船，所以厂里每年都会拿一部分水泥去临海的对口单位置换黄鱼回来，每次拉几车水泥去，再拉几车黄鱼回，厂子周边的百姓都误以为水泥厂还产黄鱼。

黄鱼是一堆一堆分的，有大有小，抽签决定。家属们有时会因孰大孰小、吃亏占便宜而起争执，但很快也就平息了。毕竟是免费领取的物资，吃亏个一斤半两也就忍了。

当时，冰箱还没有普及，这些黄鱼最终的结果不过几种：吃一部分，腌一部分，送一部分，内部调剂一部分，或转卖一部分给厂子外的人员。我家只有三口人，留下两条自己吃，余者都送给厂子外的亲朋了。

父亲善烹鱼。得了黄鱼，家里一般都是红烧或者做雪菜大汤鱼。先将鱼自然解冻，洗净擦干；剥几个蒜瓣，扎一扎小葱，切几片生姜；在煤油炉上起个菜籽油锅，下姜蒜煸出香味，毛巾裹着鱼尾巴拎着下锅，把两面细细煎至鱼皮微皱，下锅放酱油和绵白糖，加葱结，中火焖数分钟，大火收汁，不勾芡，起锅装盘。

烹好的鱼肉呈蒜瓣状，夹开鱼皮，寻一瓣鱼肉，蘸一下浓稠的汤汁，送到嘴里鲜香咸甜，来自大海的味道是极下饭的。父亲每每挑出鱼胶给我，说是大补，而我吃到的只是一嘴奇腥，回味之下又不觉难吃，吃多了，居然也习惯了。现在想来，那是千金不换的高级补品了。

在厂子尚未彻底关闭前，野生黄鱼终于绝迹了。改革开放以后，随着技术的进步、科学的管理，祖国各地的水泥厂纷纷上马技改，产能产量得到快速提升，水泥再也不是什么紧俏物资了。供给制也退出历史舞台，加之环保意识加强和国企改革，那些对旧有国营体制无比认同且依赖的人们，在时代的洪流下终于打翻了大锅饭，或是下了岗，或是创了业，或是退了休，全都悄无声息地散入临平、杭州等地的市井。他们有时在街头或菜场里相遇，打一个矜持而不失礼貌的招呼，就像曾经战斗在祖国隐蔽战线的同志们，"事了拂衣去，深藏身与名"，看着摊位上一条条黄得可疑、像是上了浓妆的养殖黄鱼，他们只是淡然一笑，昂首而过。他们从来不愿也不屑于告诉别人，在那个早已不存在的水泥厂乌托邦里，他们曾大啖过多少正宗的东海野生大黄鱼。而野生黄鱼在如今的高档餐桌上又是怎样惊人的价格！

　　当然，这只是我的臆想，他们可能根本没那么想过，也或许他们早已忘了野生大黄鱼是什么味道了。

2021 年 8 月 24 日

摊

.

.

～ **1** ～

史家埭最西端和北大街交界处是临平照相馆。

临平照相馆比电影《瓦尔特保卫萨拉热窝》里那个自带喜感的高
个子游击队员吉斯开的那家要气派多了。但它们同样都是无比优秀的
照相馆。

> 吉斯："你要干吗？"
>
> 皮劳特："我要放大一张我表妹的照片。"
>
> "这是什么？"游击队员假扮的德国士兵拿着搜出来的
> 斯登冲锋枪问吉斯。
>
> ——吉斯："……是放大机。"

太棒的台词！

饰演吉斯的演员叫留比沙·萨马季奇。之所以记得这么清楚，是
因为这名字和前奥委会主席萨马兰奇只有一字之差。这是一位非常优

秀的演员，他的表情会说话。除了经典之作《瓦尔特保卫萨拉热窝》，他还演了另一部名叫《临时工》的电影，同样是在小学时期，在杭州城的姨父带我在太平洋电影院看的。

这是一部喜剧，虽然他演得一如既往地好，但由于他不再是游击队员吉斯而只是一个临时工，剧情和角色定位不符合当时的战斗型审美，看了以后我有些失望。这位演员逝世于2017年，和我一样，他也是天蝎座。

国营临平照相馆有两层。

我的周岁照是在那儿拍的。那是一张已经泛黄的黑白照，我穿着海魂衫，头上寸草不生，坐在小椅子上抓着个皮球笑得很开心。当时在临平镇想拍纪念照，几乎没有第二个选择，临平照相馆一家独大的局面持续了很久。当然，我并不记得拍照时的情景，但知道照相馆是一个梦开始的地方。比如上海外滩的高楼大厦、杭州西湖、北京天安门，比如豪宅、洋楼、游乐园，又比如飞机、坦克、小包车、游轮……照相馆就像一个电影制片厂，只需要更换背景和服装道具就能实现相中人的各种梦想。

伟伟拍过一组身着海军制服的彩照。他在一艘"军舰"前站得笔挺，穿着海魂衫和宽大的军裤，戴着有飘带的无檐军帽，胸前挎着五〇式冲锋枪，实在是帅呆了。我在想，要是换成峰峰拍这样的照片肯定像个伪军，会被我们笑死。

照相馆对外的橱窗里，展示着放大后的各类照片，婚礼照、个人照、全家福、儿童照、证件照、军人照，有黑白的，也有彩色的，因为年代的关系没有现在这么花里胡哨。男模特多穿中山装，胸前口袋插一两支钢笔，也偶有穿西装打领带的。我记得有一张女模特的半身侧面写真照，好看极了，小波浪的卷发，脸颊两侧打着淡淡的腮红，口红比较浓重，但看上去很自然；服装是苏联式的军黄色小翻领列宁装，头戴女式圆边软帽，时尚不张扬，端庄又美丽。

再迟些年，我同学"络麻梗"王晓东家的隔壁，也就是干河埠弄口，距临平照相馆一弄之隔又开了一爿"时代照相馆"，店主是一个和吉斯一样瘦瘦的白净男人。他的态度很好，技术也不错，拍的照片比临平照相馆时尚得多，尤其证件照、儿童照和婚纱照。改革开放后，临平各处雨后春笋般地出现了叫作"影楼"的新事物，是照相馆的升级换代产物，名字也起得气派，诸如"龙太子""时代"等，主要承接全套婚纱照和个人写真业务，利润一度非常可观。我记得有个小学同学子承父业，后来也当了影楼老板。而临平照相馆，早就消失在时代的洪流里了。

～ 2 ～

国营照相馆理念落后，服务、技术跟不上而被淘汰也很自然，而照相馆门前的小人书摊，却是一个极受欢迎的所在。

摊主是个头发花白的高瘦老人，背有些佝偻，表情严肃。他坐在书摊一侧破旧的藤椅上，守护着书摊，让人觉得他是在经营一桩伟大的事业。空地上铺着塑料纸，靠墙摆着木格子，上面展示着各种各样的连环画。两分钱，只要两分钱，就可以坐在小板凳上任你看个够。不限时，不限本数。两分钱，买不了吃亏，买不了上当。但他从不吆喝，却保持着良好而稳定的业绩。他不苟言笑、沉默寡言，像一个饱读诗书的学者。事实上，他确实有点"摊有小书气自华"的味道。无论大人还是小孩，都喜欢坐在那块空地上，用同一种姿势全神贯注地翻看小人书。

那时出摊不必担心有人干涉。再者，估计他在临平太久了，久到如果没有他，这个小镇就像少了什么似的，所以他和他的书摊必须一直存在，且准时出现。因此，他看起来面色从容淡定，没有如今街头无证流动摊贩的凄惶感。

小人书摊上，各种各样的连环画都有：《岳家将》《杨家将》《三国演义》这样的系列连环画；《基度山伯爵》《钢铁是怎样炼成的》《三毛流浪记》《铁道游击队》《林海雪原》《聊斋志异》等古今中外、名著传奇，你能想得到的或是想不到的各种题材都有。这是一个广袤博大的精神世界。小人书很好读，一点也不枯燥，高度精练且价格亲民。我记得星桥的表哥收藏了几乎全套60本的《三国演义》，那是真正的精品，但他从来不舍得借给我看，好在我也不稀罕，他看了也变不成孔明，只会耍点小聪明抓几条黄鳝、鳗鲡而已。

在我看来，图文并茂的连环画比如今的手游有意思多了，能把一部漫长的著作浓缩于百来页之内，激发人产生无穷想象，真是太了不起了！我后来知道很多艺术家都是画连环画出身，想不到看上去草根大众的东西，却是高雅艺术的温床。

我以前常去水泥厂的图书室借阅连环画。那个图书管理员也是沉默寡言、满头白发的老人。他缺了一条腿，我在浴室里看到过他的残肢，膝关节以下缺失，需要用一条假肢穿上去固定后才能一瘸一拐地走动。不知他是因为工伤还是别的什么原因致残，说不定是个负伤归来的志愿军战士，也未可知。

图书室的连环画是四五本合钉在一起的，外面是坚硬的厚纸板封面，角上还包了蓝色的布，这样书页就不易被损坏了。书被放在蒙了细密铁丝格子的书柜里，书脊朝外，可以看到书名。要借哪套，就把手指从格子里伸进去，顶起那套书，他在里面就把书抽出来，再办理借阅手续。书一旦选中，一般是不许更换的，所以好不好看，要等借阅手续办完拿到手里才知道，全凭运气。

想来图书管理员都应该是满头白发、沉默寡言，八成脾气还不太好，这样才能维持良好的阅读环境。厂里的图书管理员、小人书摊主都是这类人。

说起连环画，不得不提的一部就是贺友直的《山乡巨变》。

父亲告诉我这部书获了全国大奖，我便去图书馆借来看。作家叫周立波，很著名。可能当时我太小了，书的内容我看不太懂，但绘图确实极其精美，从人物到山水再到场景，从神情到构图再到技法，堪称神品。

我从来不去光顾小人书摊，一次也没去过。一是嫌那些书被人翻来翻去，脏且破旧。那时很多人习惯用手指舔了口水翻页，我觉得这样很不卫生。二是从厂图书室借书是免费的。除此以外，我还一度拥有另一大笔精神财富。

小学的时候，在临平中学搞后勤工作的表叔扛了两大箱小人书到我家来。这些书是校图书馆淘汰下来的，本要当废纸卖到收购站去。收购站在我家西边的史家埭路口，表叔把书装到三轮车上，经过我家时歇了一下，嬢嬢说我爱看书，他便随手留下两箱。这些书大约有个百十来本，普遍很旧了，有些扉页上还有毛主席语录。我如获至宝，把它们塞到床下，可以随时捞出一本来看。

抛开内容不说，由于那时的连环画是纯手绘，且大部分绘得不错，我很快看得滚瓜烂熟，然后选一部分作为礼品随手送给同学，因此还获得了较好的人缘。

除此以外，我基本很少购买连环画，更喜欢买大人的书。记得买过一套《霍元甲》系列连环画，但那个画面已经不是手绘了，而是从电视剧里翻拍下来再配上文字，这就比较粗制滥造了。但因为流行的关系，还是受到了我们的追捧，在很长一段时间里，我拥有借阅支配权，竟有一种当领导的感觉，很好地弥补了没能戴上二道杠成为少先队中队长的遗憾。

还有一套叫作《黑名单上的人》，是根据南斯拉夫电视连续剧改编的。这部电视剧太好看了，完全不亚于后来的《加里森敢死队》，情节更浪漫，主演就是那帮瓦尔特游击队的原型，包括钟表店老板谢德，还有我一开始提到的吉斯，他在后来的续集里也出演了。这套书我是从同学手中借到的，全13册，但同学手上的不齐。内容也是翻拍自电视剧，封面是手绘的，有点西洋画风，比较有年代感。那时的电视剧放过了就看不到了，不像现在可以点播，所以翻看连环画就像是看重播，这感觉也不错。

3

印象比较深的还有气枪摊。

气枪摊摆在临平电影院南侧售票处的空地上，好像就挨着小人书摊。摊主也是一个瘦老头，比小人书摊的摊主个子高一些，背是笔挺的，我怀疑他也参过军。

那时好像是一角钱打十枪，有时还会送个一两枪。枪是轻磅气枪，子弹并不是文具店有售的铅弹，那个成本高，杀伤力大。摊主用老虎钳把洋铅丝（铁丝）剪成一小段充作铅弹。

气枪很旧了，由于使用太久，泵气室的皮碗磨损后不密封，力道不是很足。它被摆在一个齐胸的铁托架上，这样就不需要凌空举枪，瞄准射击也很轻松了；除非你要炫耀一下无依托立姿射击的动作。打枪的流程通常是：摊主代为折下枪管，装填子弹，用一根钉子送到位，折回来复位，就可以击发了。对面七八米远打开的木盒里，有几排人形小木靶子，两边是八个大字："练好枪法，保卫祖国。"

这里有一个问题：摊主好像是承诺十发全中有奖，但我从来没看到过谁有本事让摊主兑现奖品。原因很简单：一柄气压不足的枪，非正规的子弹，膛线早就被坚硬的洋铅丝磨掉了，加上几乎就是摆设的准星和照门，相当于一柄没有杀伤力的滑膛枪，其精准度几何用脚趾头想想就知道了。

尽管如此，气枪摊的生意依然很好。哪怕打不中，摆个漂亮的射击姿势也是不错的。万一打中了，看到小木人翻倒下去，也是很有快感的。摊主的主要工作就是剪铁丝，间或去翻起那些小木靶子。他做这些的时候，动作机械且娴熟，有点像卓别林电影《摩登时代》里被机器操控的工人。他的表情很严肃，仿佛从事的是一项庄严而神圣的工作，但仔细想想，他似乎又没什么表情。

他赚得应该不算少，春秋两季，特别是节日期间，生意尤其好。如果一天净收入平均在3元钱的话（这个生意成本很低），一个月能挣个百来元，起码抵得上普通工人两个月的工资。但他看上去似乎并不快乐。可能开支有点大，家里有很多人靠着这个小摊吃饭，又或者他还有别的嗜好，比如打牌或者喝酒什么的，但我不觉得他有什么不良嗜好。一般来说，穿着整洁、表情严肃的人都比较自律。

后来的气枪摊出现了两种变化：一种是打气球，用的还是那柄轻磅老气枪，但射击目标改成小气球，这种搞法娱乐性更强，我记得那个老人后来也经营过一段时间的打气球。还有一种就是顺势而为改成电子模拟射击，这就完全背离射击的初衷了。

　　这两个小摊在临平镇上存在了很久，直到后来禁枪了。小人书摊后来转为地下。摊主好像住在北庙弄二小正对面，后来索性在家里搞了个租书摊，把出租书的范围扩大到各类流行小说。我去那里借过温瑞安的武侠小说，还有琼瑶的言情小说。

　　我不知道两位摊主的姓名。那个年代，能够把摊出在最繁华的北大街临平电影院附近，且数年如一日，这是非常不容易的一件事情。如果真要拔高定义，那么可以说在文化生活匮乏的年代，他们作为民间营利性组织，成为官方群众文体事业的有效补充，并且一视同仁，谁都能以低价换取精神上的愉悦。更重要的是，他们曾是现已不存在的临平小镇里两道不得不看的风景线。这两个小摊像两个器官一样嵌入和生长于这个城镇的体内，从彩色到黑白到灰色再到消失，像是一张被岁月渐渐曝光的底片。

　　我仍对两位老摊主存有深深的敬意。

2021 年 10 月 19 日

厂

.
.

我对厂有一种特殊的感情。

原因很简单，我曾是国营工厂的子弟。

但我对厂的感情仅限于水泥厂，因为没有在其他任何一家厂里生活和工作过，虽然那些厂曾真实地存在于我的记忆中。它们的变迁不仅伴随着临平小镇的演化，也伴随着我的成长。当我想起"厂"这个事物的时候，忽然很想回忆一下它们曾经的样子。我不搞史志，也无意考据，所以一切都是从记忆的角度加上适度的揣测，经不经得起推敲，并不是我关心的问题。

童年时，我转学到临平这个"非常厉害"的县城中心镇，突然发现镇上有太多的厂，各种各样的厂。你能想到的几乎所有的生产生活资料，几乎都能由镇上的各家厂加工制造出来。临平物产丰饶、人民勤劳，哪怕不靠对外贸易，临平人也完全可以自给自足。

下面，说一说我印象里的厂。

油厂和酒厂。

整个少年时期，尤其下午放学腹内正饥之时，榨菜籽油的香味就特别浓重且不怀好意地飘荡在镇子上空，偶尔还夹杂着麻油的味道。油厂榨油后的副产品——豆饼或者菜籽饼，实在是太香了，我一度觉得它们是可以食用的，遗憾的是，它们只能作为肥料。豆饼肥是上佳的有机肥，用来养花再合适不过，发酵后却臭得让人怀疑人生。油，大概是古往今来百姓最重要的生活物资之一，以至于每个江南小镇上都有一条叫"油车弄"的弄堂或者叫"油车河"的小河流。以前用的是古老的人力油车，就是古法榨油，油厂建成以后，改由机器榨制。

酒厂生产的主打产品是黄酒和烧酒。黄酒是酿造的，烧酒是蒸馏的，无论什么方法，制酒过程中浓浓的酒糟味闻着让人头晕。酒厂生产的酒好不好，我没有验证过，等我学会喝一点的时候，临平酒厂已经消失了。但酒厂的酒糟我有印象，白白的一大桶往外运。酒糟比豆饼好得多，至少可以拿来糟制各种食品，比如糟鸡、糟鱼、糟动物内脏等。

只要有亲友在上述两家厂里做工，豆饼和酒糟这些副产品都是可以少量免费取用的，也算是福利吧。

啤酒厂。

啤酒厂好像来头很大，不归镇上管。厂址位于临平最好的山南地段，在古老的景星观对面。厂里密密麻麻竖着很多高大的反应罐，看上去非常傲骄。记得最早出品的好像是西泠牌啤酒，后来又有菊花啤酒、中华麦饭石啤酒等。当时我觉得麦饭石啤酒是长三角地区最难喝的啤酒，没有之一。后来又演变成一种叫活力王 SOD 的啤酒，打的都是绿色保健牌。我不知道啤酒能有多少保健功能，总归是难喝、上头。唯一可称道的是，啤酒厂引入临平山的山泉水，质量是极佳的。原来镇上的生活用水都来源于此，后改成亭趾河港里的净化水。

20 世纪 90 年代初，我从军队退伍刚参加工作的时候，啤酒厂东侧体育场路上开了一家叫"啤酒屋"的饭店，是直接从厂的生产线上放了生啤过来，一时间食客趋之若鹜。我也去喝过几次，生啤确实冰鲜爽口，这种口感后来我在青岛街头也体验过。但那时酒量差，喝个一扎半扎便醉倒，身上泛起一片片酒斑。生啤不耐储存，制成熟啤口感就天差地别了。

不管怎么说，20 世纪 90 年代初那阵子是啤酒厂最辉煌的时代。

酿造厂。

酿造厂在我家老屋南门的干河埠对街，所以我对它很熟悉。我推测这个厂也应该是公私合营的产物。厂址原来应该是恒泰酱园的位置，这是镇上最古老的酱园品牌，和我祖上的冯源兴有得一拼。

酿造厂的围墙很高。厂南侧和东侧围墙的上半部分是用废弃的酒甏砌成的，极具特色且有象征意义，所以那条弄堂叫"缸甏弄"。厂区的中心地带一直保留着数十个硕大的酱缸，上面盖着竹制大斗笠一样的盖子，酱料在露天里日晒雨淋地自然发酵。当时的酱缸对我们来说，是捉迷藏的藏身之所或是展开激烈"枪战"时的掩护。我观察过打酱油的程序，是从酱缸中心打个深深的洞，酱油便从里面悄悄渗出来。那时好像没有"老抽""生抽"的叫法，我就知道最好的酱油叫"太油"，浓稠而奇鲜，带有真正自然发酵的味道，用来拌生豆腐实乃人间至味。

酿造厂出品的众多产品里，令我印象最深刻的是一种叫"什锦菜"的混合酱菜，最适合早上泡饭吃。什锦菜里有大头菜、胡萝卜、青辣椒、洋姜、甘露（宝塔菜）等数种食材，酱制后用机器切割糅合在一起。我喜欢挑里面的青辣椒吃，有股咸鲜的味道，并且一点也不辣；

宝塔菜外形很可爱，咬在嘴里脆脆甜甜的。

酿造厂其实涵盖了江南酱油所有的代表性产品，酱瓜、醋大蒜、面酱、豆瓣酱、豆豉等。学校有时会分发醋大蒜，据说吃了可以预防流感；恒泰酱园在北大街电影院斜对过有个门市部，有时候放学我们买几分钱的醋大蒜当零食，边走边吃。最好吃的其实是蒜中间那根秆子，硬硬的，嚼之有酸甜的汁水。吃过蒜后嘴巴里有股浓重的味道，回家需要将一小撮茶叶放嘴里咀嚼良久，可以有效去味。

丝织厂和绸厂。

丝织厂和绸厂基本属于同一类别的县级轻纺类企业，但绸厂的名气更大。因为绸厂的负责人作为县里出来的全国劳模和人大代表，曾受到过党和国家领导人的接见。我还记得绸厂有种国优代表产品，叫"双绉"。上小学的时候，我作为临平第一中心小学小记者团成员，由学校组织去绸厂参观过。

绸厂的位置在东大街对面，河南埭东茆桥堍的东南面，紧邻着上塘河，风景很好。一排排巨大的厂房整齐排列，一台台织机发出巨大的声响。挡车女工们穿着装饰有木耳边的白色大围裙，戴着同色的软帽子，笑容灿烂，看着就是心灵手巧的样子。

工具厂。

工具厂也是校园小记者团的参观点之一。厂里生产的活络扳手是出口创汇产品。我通过厂子弟同学搞到过一种袖珍活络扳手，做工精致，镀膜光可鉴人，像一件工艺品。别看它个头不大，但很神奇，居然可以拧动螺帽！把它挂在裤腰上，在班里走来走去，是最好的炫耀。

工具厂的厂区绿化很好，伫立着巨大的雪松和珊瑚树，车床和电镀车间等井然有序，有点像一座花园式工厂。厂子还拥有一个非常体面的大礼堂，可以胜任举办、召开各类文艺汇演和职工代表大会的任务。

绸厂和工具厂的职工走在街上，一般不轻易脱去带有厂标的工作服，因为这是身份的象征，会油然而生一种自豪感。

铝合金厂和冰箱厂。

这两家厂都曾是工具厂下属分厂，可能是经历了某些变革，与总厂脱钩后独立了。

铝合金厂生产"福士"牌压力锅，这个牌子的锅当时在临平镇的普及率高达 80% 以上。铝合金厂同时生产铝合金门窗，主要用于政府基建，私人很难搞到。

我认识的一位大哥，曾在铝合金厂工作过多年。据他说，厂子当时瞅准了开放初期的价格双轨制，效益一度很好，管理人员的工资奖金丰厚。厂里还有福利分房，这位大哥就分到了位于荷花塘的两室一厅。他在厂里一直工作到 20 世纪 90 年代中期企业转制。

冰箱厂与铝合金厂一墙之隔。当时，电冰箱属于紧俏物资，没有厂长批条是断难拿到的。物以稀为贵吧。

服装厂。

服装厂据说一度也是创汇单位，位于赵家弄弄口，晚上总是灯火通明，不计其数的制衣工人在里面忙碌着。有一年，一邻居在厂里当上了销售科长，有时下班时间看到他，都能感到那种气宇轩昂的气场。一个服装厂的科长应该是个非常厉害的官职吧，彼时的我这样想道。

无线电厂。

无线电厂离服装厂不远，在清水弄环卫站的池塘边，一度也非常辉煌。

邻居伟伟的父亲在厂里当司机，开的是原装进口的三菱右舵面包车。这个伟伟将在我后面的文章里作为重要的正面人物多次出现。他父亲个子不高，一米六不到的样子，但看起来非常伟岸。在出口创汇的合资厂里当司机，于当时也是了不得的职位。至于无线电厂具体生产什么，我们从来不关心。厂区管理比较宽松，进出相对自由，我们多次在那里组织"巷战"，利用错综复杂的厂房环境，来往厮杀一阵，有时场面非常惨烈。有了那时的基础，我在后来部队的战术训练和真人 CS 项目里都取得了骄人的成绩。

炭黑厂。

炭黑厂也非常有名。我姑姑就曾在厂里上班。炭黑，这个东西据说是添加在橡胶里的。作为本地的优质化工企业，炭黑厂的利润很高，但污染也很大，一线操作工作容易罹患职业病。尽管如此，镇上的人还是对厂子优渥的待遇和全民所有制的属性趋之若鹜。

厂像人一样，是有阶层和气场的。比如农药厂和水泥厂，包括更远一些的杭州玻璃厂、钢铁厂，都是市属企业，人们觉得它们很牛；武林钱江厂是省属企业，那就更牛了；而搪瓷厂和五金厂都是村镇乡办企业，就不太吃香了。尽管后来搪瓷厂慢慢做大，效益也越来越好，五金厂从一个村办企业做成了顶尖的上市公司，这都是后话了。

最后着重说说武林厂和钱江厂（以下简称二厂）吧！

二厂的主要产品有扳手和叉车等，都曾是优质畅销的产品。高中时期，我的好些同学都是这两个厂的子弟。他们普遍操一口不是特别正宗的带点杭州口音的"二厂话"，有时还会夹杂一些本地发音。我后来认真分析了一下这种口音的形成：一是这个系统里的干部职工来自五湖四海，多少会带有乡音的烙印，但他们归根结底隶属省城，所以要以杭州话作为主流口音；二是作为外来人员，他们要适当融入当地社会和群众打成一片。二厂的职工不像我待过的水泥厂的职工。水泥厂的元老级职工基本都是杭州城里调来的，所以杭州话讲得比城里人还标准。

据我多年的观察，二厂人最终还是没能真正融入当地，特别是青年一代。20世纪80年代末90年代初，江南小镇临平也大势所趋地迎来百年沧桑巨变的晨曦。而小镇青年和二厂子弟却经常因为一些小事发生冲突，地点多在镇上的舞厅、卡拉OK厅或者溜冰场。起因都是小事，或是争夺舞伴，或者因为感情，或者只为了一包香烟，有时没有理由创造理由也要干上一架。后来我看了叶京执导的电视剧《与青春有关的日子》、老鬼的小说《血色黄昏》、王朔的《动物凶猛》等，突然理解什么叫"疼痛的青春"了。

一般这类冲突中，二厂子弟较吃亏，毕竟属于客场作战，可一旦退回厂区就是他们的天下了。我觉得所有冲突归根结底源于不同的成长环境和文化的碰撞。小镇青年厌恶二厂子弟天然的优越感，二厂子弟则觉得小镇青年作为本地人，占据了临平太多的娱乐资源。

我倒从来没有这些门第之见，读书的时候有不少二厂子弟和我成了好兄弟，一起上下学，在运动场上比拼一下刚学会的"武功绝技"。

不少二厂子弟的学习成绩不错，高中毕业后直接报考了司法系统，选择子承父业。工作后，他们穿着和父辈一样的制服，下班后骑着自行车去开水房打水。他们的开水瓶架、车前置物篮、儿童座椅等各类生活用具都是本厂就地取材制作的，质量远胜于市售。厂里也有厂办的学校、宿舍、食堂、浴室、球场、礼堂。厂区所在地位于古临平风水最好、风景极佳的山南一带。那条曾建有安隐寺和安平泉的厂道实在是太美了，即便后来如火如荼的房地产开发大潮，也休想撼动它们半分。

当然，也有一些二厂子弟最终选择下海或者走更广阔的人生道路。我有个同学毕业后在厂里干了两年果断下海，公司运营得有声有色，讲着一口地道的临平话，还在影乐宫舞厅里打过鼓。还有一位思想成熟的同学考上了公务员，做了乡镇长助理。这两位同学读书时都和我关系挺好的。

二厂是个特例。从我记事起，它一直风雨不动安如山，像是被岁月凝固的一个区块。它的归宿不像我前文提到的其他厂，最终几乎毫无例外地走向了消亡。

在时代不可阻挡的洪流里，油厂、酒厂、酿造厂、服装厂、炭黑厂、无线电厂等被陆续改造成商场、住宅或者政府下辖的办公机构；啤酒厂在拍了一部气势恢宏的创业纪录短片后，地块也被开发成了高档住宅楼盘；绸厂被辟成新天地文创园区，那些旧厂房被改造成咖啡馆、酒吧、培训机构，还有影院餐厅。转型后的它们居然一点也不违和，看上去非常有历史的沧桑感，也是"网红"打卡的好去处。虽然近两年看起来有点萧条过气了。

一夜之间，厂仿佛都消失了。

古时，临平是一大片湿地，水草丰美的藕花洲从农耕文化到择水而居而成市，到初具商业生产规模的小镇，再随着时代大潮走向都市化、集团产业化和经济开发区，几乎是一个典型江南小镇的标准走向，不可逆转也无须抱朴守旧，这是不以人的意志为转移的。

但那些厂一直埋藏于我的记忆深处，像一位位熟悉的朋友。有时候，我在梦里还能见到它们的样子，醒来后也一度有它们还存活在这个镇子上的错觉。

梦里依稀之际，少年的我看见一群群工厂职工骑着自行车奔向工厂或者归家，脸上洋溢着宁静而知足的笑容，厂门口的标语写着"抓革命、促生产"或者"高高兴兴上班来、平平安安回家去"，字迹清晰无比，但清醒过来却恍然明白：它们早已离去数十年了。

"厂，山石之厓严（岩），人可居也。"①

我想，厂原来的基本作用就是遮蔽之所，具有满足人类居住的功能。为了更好地活下去，人们在居所辟出一块场地用来生产，厂的定义随之发生了转换。

那么发展到今天，除了生产以外，厂也给人以精神的依托和归属，"单位"也是一样的道理。现在的年轻人，尤其那些在写字楼上班的"白骨精"们是体会不到一个厂，对于新中国成立后到改革开放期间的劳动者来说，曾是多么深刻的存在并具有的极强的归属意义。所以，当厂改制、解散、倒闭、被征用的时候，那些曾经赖以生存的职工和家属，又会生出怎样一种难以割舍的情怀呢？

无论如何，它们不在了。那些画面就像我少年时翻过石马岭，在山坡上回望水泥厂高大笔直烟囱里的浓浓烟雾一样，直升云天，飘散

---

① 出自《说文解字·厂部》。

在天际。

　　而那时的片片厂区，像是块块排列的军营，庄严肃穆却又温暖如斯，远远望去，是多么令人踏实和伟岸的建筑啊！

2021 年 8 月 25 日

校

·

·

　　父亲小时候就读于镇上的老学堂，也叫临平学堂，是临平第一小学的前身，始建于 1908 年，也就是光绪三十四年。如果没有记错的话，沪杭铁路临平站也建于同一年。其实，光绪帝当年还是积极理政的，做了不少事情，可惜时运不济。

　　父亲出生于 20 世纪 40 年代，正值江山变迁、百废待兴之际。当时家里条件差，饭都吃不饱。按照阿爹①的意思，父亲是家中长子，还是早点当个学徒，熬出山了好养家，毕竟还有两个妹妹和一个弟弟要养。好在经由明事理识大体的舅公爹爹劝说，父亲到底读上了书。因为深知机会来之不易，父亲读书一直很用功。

　　那时候读书没有书包，用布包裹了书本和石板，夹到腋下就去上学了。

　　石板配合石笔使用，是用来写字的，写完了用抹布擦干净，可以重复利用。如果练习毛笔字，也可以蘸了清水在上面写，免去了纸张的开销。现在看来也是环保的好办法，只不过那时是因为穷，而非别的什么原因。

---

① 方言，祖父。

即便那么穷，后又因家庭原因经历了不少磕磕绊绊，父亲还是读完了高中，在当时也算是高学历了。

父亲那一辈里学历最高的是我小姑，工农兵大学毕业，后来在教育系统做了干部。

父亲的字写得极其工整，一律往右斜，笔画清晰，力透纸背。他在厂里做会计时多用圆珠笔，无论是阿拉伯数字还是中文，写出来的报表和报告都像是打印出来似的，是我无法企及的高度。

我呢，读到高中毕业，却只是勉强毕业。尽管后来在职读了本科，在硕士、博士俯拾皆是的当下，总有"做贼心虚"之感。连我自己都觉得那个高中文凭像是欺世盗名得来似的。到现在，我还经常梦到自己被高中数学老师指着鼻子断言"你肯定毕不了业了"，然后就汗涔涔地惊醒。这也怨不得老师，完全是自己高中时期不思进取、整日浮浪的后果。

小学三年级之前，我在水泥厂子弟小学读书。学校的小学部和初中部是在一起的，相当于现在的九年制义务教育，但那时是八年——小学五年加上初中三年。

五岁的时候，一天早上起来，我突然哭闹着缠着父母一定要去读书，文曲星附体一般。但事实上可能是因为我知晓了比我还小的发小小姚早两天去上了学。那时，我万事都是暗暗对标小姚，幼小的心灵便生出一股不甘人后的劲头。父亲拗不过我，便试着去学校申请。那时没有学籍、学区和适龄的说法，学校生源本就很少，所以非适龄入学不是一件太难的事，交了学费和代管费就可以了。

子弟小学的校舍位于带游泳池的小山脚下，是一排混凝土平房，只有八九间教室。从厂宿舍走过去大约一百米的距离。我们班上总共十来个同学，我的年纪最小，但脑子比较好使，反应还算灵光。班主任是一个姓任的女老师，特别喜欢我。当然也有比我还要灵光的小祝，我俩的学习成绩一度不相上下，都是第一批入队的少先队员。

当时，收音机里正播放张扬同名小说改编的广播剧《第二次握手》。广播剧这种艺术形式实在令人着迷，剧情、配音、音乐都给人无限的想象空间，不亚于上海电影译制厂的译制片。我那时小，只能约略听懂有限的故事情节，记得主人公很自豪地说自己在国外大学考了全校第一，而不是全班第一。当时，我和小祝在校内的总排名不是第一就是第二，而且每次考试我们不是比成绩，而是比答卷的速度。语、数两门学科"双百"几乎是没有悬念的。有时候我快，有时候他快，谁先考完就交了卷跑到教室后面的山坡上，朝教室里还在考试的对手吐舌头显摆。这是我们在正面战场交锋时最常用的挑衅形式。

在学校我也闯过不小的祸。一次在操场上，一个同学向我示好，递给我一把杨柳枝和橡皮筋制成的弓箭。我满心欢喜地举着它，朝着操场下方的地面拉弓试射了一箭。由于粗制滥造，那箭射出后竟在半路飘起来，射中了班上一位和我关系不错的女同学的眼睛，流出血来。

任老师把女同学送到杭州的医院检查，眼角膜被擦破，缝了好几针。我以为她从此要失明了。晚上，父母带我登门探访和赔礼道歉。万幸的是，她的眼睛无大碍，但预后可能会对视力造成一定影响。即便这样，她父母依然客气得体，没有责骂我一句，女同学的眼睛包着纱布，也和我握手言和，说知道我不是故意的。这让我感动得涕泗横流，同时悔恨莫及。

这次闯祸让我深刻认识到，自己的顽皮、不懂事给他人造成了极大伤害，也给家里制造了麻烦。这件事如果搁在今天，我家估计得赔个倾家荡产，还可能因此惹上打不完的官司。

后来的岁月里，我最怕的便是给家里制造麻烦。

三年级读完，家里终于争取到一个机会让我得以就读临平一小。

这是我人生的第一个转折点。尽管最初极不情愿，我还是不得不离开温暖的水泥厂和附属子弟学校，来到临平。因为担心子弟学校的教学水平和镇中心小学有差距，我被安排重读三年级。

我被分到三（甲）班。那时一小的校区分为南北两个区块，中间隔了一条瓶山弄。这条弄据说早年间堆了很多韩瓶。韩瓶是宋时大将韩世忠发明的行军水壶，是有着尖尖底的陶瓶子。县文化馆的文物陈列室里就有好几个这样的瓶子。瓶山弄因堆瓶成山而得名。可见，临平原来极有可能是个屯兵之所，也或许这里就是烧制韩瓶的场所。

拥有两个校区，并不代表学校很大，相反，它比我想象的要小得多。我们当时在南边的临时校舍。北边的校区让人印象最深的是挨着办公楼西墙竖着三根爬竿，体育课是要考的。有几个身手好的同学往掌心吐口唾沫，"噌噌噌"三两下就爬到顶端，连脚都不用盘起来助力。我那时力气小，练了好多次才勉强能爬到及格。

北校区有着高级校区的样子，花坛和道路边种着低矮的黄杨、高大的垂柳和美人蕉等，还有该死的一串红。为什么说是"该死的"的呢？后面会讲到。

北校区是主校区，校门正对着后横弄，大礼堂在最西侧，东侧是宣传栏。校内还有一个校办工厂。校区中间是主干道，教室在主干道尽头，是一幢四层楼。

南校区的临时校舍是一排平房，非常破旧，甚至不如厂子弟小学。课桌也很旧，搭配简陋的凳子。我刚到这里读书时，有种上当受骗的感觉。好在学习成绩依然是数一数二的，并未因转学受到任何影响。

我已经忘了在一小时第一任班主任姓什么了，只记得是教语文的，一位剪着短发、面容模糊的中年女老师。但我对李姓的数学老师印象深刻，浓眉大眼的，冬天总是披着一件靛蓝色的老棉袄，上课时的表情非常严肃。他书教得不赖，更重要的是，还有绝活：转身板书的时候，后脑勺像长了眼睛，能洞悉教室内的一切，要是有谁在下面搞小动作，他突然会转过头来，一扬手，一颗短短的粉笔头就像子弹头一样准确无误地射到对应人员的脑门上，从来弹无虚发。"子弹"出手后，他的手臂并不立即收回，依旧定格在最后那个动作上，同时配以犀利的眼神，望着违规之人。当时，竞技飞镖这项运动还未开展，否则以他的身手一定潜力无限。他后来当过校长，数年前病故。此外，他还是我一个同事兼兄弟的老丈人。

南校区的冬天特别冷，课堂外的屋檐上结了长长的冰凌，好事的同学会去折来吃。男厕所的小便槽设在校外路边，除了左右两侧的水泥短墙，几乎没有任何遮挡，男生小便时屁股统一朝向瓶山弄，槽里结了厚厚的黄白色尿碱。这个小便槽几乎是学生专用的，所以是童子尿。不过我们这里不像东阳那边有吃童子尿煮鸡蛋的习俗。童子尿却是一味中药，叫"人中白"。汪曾祺先生在《大淖记事》里提到过，它救活了被保安团打死（其实是昏死过去）的兴化小锡匠。

下课铃响起，我们争先恐后冲出教室，冲着小便槽的墙壁快速释放压力。这个活动衍生出很多桥段，比如有些同学没有腰带，只用一根布绳子系着固定裤子，便有使坏的同学一左一右伺在他两侧，待他走到槽边，刚解开裤带，一个从背后环抱着他的双臂使之不能活动，另一个快速将裤带打成数个死结，然后火速分头逃窜。这位可怜的同学本就尿急，一下子又解不开死结，便哭丧着脸把尿撒在裤裆里。

同学们还会比拼谁的尿滋得高，最高的尿迹甚至能超过我们的头部。还有一些撒出去是呈扇面状散布的，就像雷明顿霰弹枪，胜在气势。

当然，严肃点的游戏也不少。我们经常穿着棉鞋三三两两在室外的泥地上面对面跳出各种姿势，嘴里喊着：

一米二米三

三上三

几头马

山上来

…………

这是一个类似于用腿部动作玩石头剪刀布的游戏，有打擂和攻擂的，输的换下来，新的再上去挑战。跳动中，我们冻得麻木的脚趾头也热了起来。

还有女同学最喜欢的跳皮筋，用的也是上面这个口诀，可以跳出繁多的花样。班上有个长相白净清秀的女同学，扎着马尾辫，穿着干干净净的格子布棉衣，左臂上别着"二道杠"，跳起来很好看。

至于跳大绳这类群体游戏，老师也挺爱玩的。特别是上午课间操有二十分钟的活动时间，老师就带领大家下去跳绳。这时，整个校园里都热闹起来，充满了欢声笑语。

一小一直是临平最优秀的学校，没有之一。

厂子弟学校和一小都是我的母校。厂子弟学校是我的开蒙学校，好比是生母，虽然早就被拆了，我却一直怀念它。

四年级时，一小校区进行改造，原本碎石子铺就的操场浇注了水泥，南校区被拆平，盖了教工宿舍，我们也随之搬到北校区。

有一位男老师，姓莫，个子不高，但模样周正，梳着侧分头，一丝不苟的。他教我们声乐视唱，总说自己嗓子不好，但一开口就能听出他有美声的底子。我们从来没听他唱过完整的歌。他风琴弹得很好，看得出是科班出身，至少毕业于湘湖师范这样的学校。

那时，学校还有军乐团，就是敲鼓和吹号为主的那种，经常会在下午去礼堂训练。到了学校游园会、运动会以及六一儿童节等重大场合，他们便有机会抛头露面，还戴着高高的军礼帽，穿着有绶带和肩章的白色军装，出尽了风头。好几个同学都被选中加入了，让我好生羡慕。但我轻易不流露这种羡慕。隔壁班有个同学因为长得高且帅，担任了指挥手，举着一根带有流苏的棒子，走在队伍的最前列，一上一下打着拍子。他从小就稳重踏实，高中还和我同班，后来果然当了领导。

好在我也被选入声乐兴趣小组，全称是"临平一小红领巾合唱团"。在莫老师的悉心辅导下，我们学会了高低声部、重唱、领唱等。领唱的是少先队大队长"三道杠"阿东，后来他因病故去了。我们当时唱的是《社会主义好》，最后还去镇文化站录了音，之后在固定时段通过有线广播在全镇播放。那时家家户户都有有线广播，不想听也得听！连区委干部宿舍和无线电厂传达室都播放了。我在家里吃着早饭听着自己参与演唱的歌曲，基本找不出自己的声音。按莫老师的说法，合唱就是要整齐划一，不能突出自我。

嬢嬢在井埠边很自豪地和宝珠嬢嬢说："喏，阿拉健健被学堂里选中去唱的！"

我对莫老师唯一的不满就是他有时比较严厉。上音乐课时，我自恃是合唱团成员，和同学在下面搞小动作，结果被他抓了现行，状告到班主任那里，因此丢了已经到手的少先队中队长的职务。

莫老师调走后，来了一个年轻的女代课老师，姓索，这个姓比较少见。她比莫老师活泼得多，也比较受男生的欢迎。她长相一般，但穿得比较时髦——小喇叭裤，木耳边的波点衬衫，烫着波浪头。她代了没多久的课，最大的贡献是教会我们当时热门连续剧《排球女将》的主题歌，而且是日语原文的。这是我这辈子唯一一首能完整唱完的日文歌曲。她在黑板上写下简谱，又在下面标注日文的中字谐音，这样一来，我们很容易就学会了，还唱得有模有样。后来，我看电影《放牛班的春天》《音乐之声》，都会想起她来。

那首歌，我到今天还会唱。

四年级的班主任和厂子弟学校的班主任同姓，都姓任，是个多才多艺之人。

任老师是正宗的杭州城里人，教我们的时候 27 岁，单身。他毕业于湘湖师范，老家在城隍山脚差不多是今天的望江门一带。有一年暑假，我到杭州光复路的二姨家做客，在城隍山上还碰到过他。他个子不高，额头很宽，发际线高，面色红润有光泽，眼睛很圆，炯炯有神。

任老师不仅语文教得好，还治得了班上最顽劣的同学。说他凶吧，倒也不是，总是笑眯眯的，批评人时却能卡住你的七寸，让你无法反驳也不敢反驳。下课呢，他又能和大家玩成一团。

我认为任老师最大的贡献是开了一小素质教育之先河。他的书法很好，走的是颜体一路，浑厚雄健。我觉得书画是需要天赋的，有些人稍微练练就能得其神韵，有些人练得很勤进步也不明显，这是没有办法的事。任老师属于那种既有天赋又练得很勤的。练字时，他用元书纸[①]，只有写作品时才用宣纸，而且用不起安徽红星宣，只用富阳宣。墨汁一般也只用星光牌，那个墨汁非常臭，像脚丫子的味道，只有写作品时才用曹素功[②]。

任老师住的教工单身宿舍就是我们原来南校舍拆后改建的，他被分到四楼一间六平方米的斗室，除了能放下一床一桌，连小狗进去尾巴也只能上下晃而无法左右摇。即便这样，我们还是非常喜欢去他那里串门。他还组织了篆刻兴趣小组，我第一时间响应报名，成为他的首批"入室弟子"。

他去杭州西湖边的书画社帮我们买了刻刀，还有一本叫《怎样刻印章》的教材。那时，我们连青田石都用不起，他又从萧山搞来一大块好几斤重的赭色石料，教我们用钢锯条分解再精加工成一方方石章。我制章的本事就是这时候学到的。这石头不好刻，有砂质石筋和杂质，经常崩刀，但他拿来单手冲刀，用齐白石的单刀法刻"中国长沙湘潭人也"，非常质朴有味道。有几个同学上手非常快，其中有个姓蔡的同学刻的印章和任老师的差不了多少。此人还极有数学天赋，初中时我和他在临平中学同班，他成绩好得不得了，并且学起来很轻松，他用砖块砸草丛里的癞蛳（蛤蟆）比峰峰还准！后来，他也去当兵了，回来分到镇上的厂里上班。

我没有书法和金石天赋，只能刻"巧工司马"这种最简单的汉白文印，刻得一点也不像，没多久就放弃了。但我的写作成绩一直不错。四年级时，我写的一篇读书笔记在七县（市）的大赛中得了一等奖，

① 元书纸：竹纸的一种，古称赤亭纸，又名谢公笺，是一种产于浙江富阳的传统手工艺品。

② 曹素功：指曹素功墨，安徽省歙县的地方传统手工艺品，因清代制墨名家曹素功所制而得名。

辅导老师正是任老师。这是一件大事。镇文化馆还专门派了个记者，上课的时候把我叫出去采访并拍照。后来，我的相片还被展示到文化馆外北大街的宣传橱窗里，和镇环卫站劳动模范、小林公社消灭血吸虫病先进分子等放在一起。这是我在一小时代的"高光时刻"，也由此在心里埋下了骄傲的种子。这是后话。

任老师后来当了校长。一小的书法课作为素质教育特色示范课在县、市乃至省里都颇有名气。

校园的绿化搞得非常好，特别是在沈副校长的领导下。我觉得沈副校长和临平中学的教导主任差不多，主管学校的后勤事务，分管校办工厂的生产、学生的学农活动，还有就是学校的保洁、绿化等工作。他搞了一个花木兴趣小组，组员基本是由各班劳动委员以及临平大队的同学组成，因为他们都有务农的基础和热情。他们在沈副校长的带领下，认认真真挑着有机肥去给校园里的花木施肥，不怕脏不怕累。

沈副校长中等身材，面色黝黑，眼神比较混浊，嘴角经常泛着一些白沫，语速有些快并且口齿不清楚。那时，我还不懂中医，但我怀疑他的肝胆肾不太好，因为他的面堂发黑，且没有色泽。他是真的勤勉劳辛，每天起早贪黑像一只瓢虫一样在校园里走来走去，低头俯首，负着双手观察花木的长势，不时择去发黄的枯叶。在他的不懈努力下，一小的校园绿化和我们歌里唱的社会主义事业一样欣欣向荣。

终于要讲到"该死的"一串红了。

有同学偷偷告诉我，一串红的花蕊根部拔出来吸一口是有甜味的。彼时校园的小叶黄杨和一串红长得正好，尤其教学楼正中的花坛里，那一串串红色鲜艳夺目，在风里摇曳着身姿，勾魂摄魄的。它们是鼠尾草属植物，看上去像一串串百子炮仗。

为了验证同学的说法，我趋近花坛，小心翼翼地拔了一枚一串红的细长花蕊，将根部放到齿间，小心吮吸了一口。一股清凉的微甜渗到舌尖，像是秋天的第一缕晨风，我心中泛起一丝惊喜：同学说得果然没错！

　　美好的感受总是稍纵即逝，尤其这清甜的味觉。我的肩膀被一只大手轻轻搭住。抬头一看，居然是沈副校长和蔼的黑色脸庞。

　　"这个是你采的啊？"他指着我手上未及扔掉的花蕊。

　　人赃俱获，逃是逃不掉的了。

　　我点点头。

　　"那你来吧。"他掉头往教学楼方向走去。

　　他那天穿了一件白色衬衣，已经有些微微泛黄。衬衣下摆没有掖进裤腰，从背后看过去臀部有些微翘，这是长期干活留下的体征。衬衣袖口没有像有些老师那样很整齐地卷起来，而是像半张大馄饨皮子似的从手腕上方外翻出来。这让他看起来不像老师，更不像校领导，而像农民出身的基层干部，显得很亲民。但他的命令无形中又是令人不能抗拒和不容置疑的。

　　他的办公室在一楼靠近楼梯处，里面放了很多农具，比如除草用的刮子，还有种花木的种刀。只见他坐到桌后的藤圈椅上，拿出笔对着笔记本，抬头和蔼地询问我的班级和姓名。我脑子里快速闪了一百次要不要告诉他真实信息。我觉得如果撒谎，性质可能更加严重。躲得过初一躲不过十五，他一定会像江户川乱步小说里的明智小五郎那样把这个案子完美破掉——他有这个本事。

　　但他并没说一句重话，而是用不高的声调很和蔼地和我说明偷盗花木加损坏公物的严重性。他表示，按照规定是要叫家长来学校，然后给个严重警告以上的处分。

我一下慌了神，只好反复和他说爸爸在很远很远的水泥厂上班，不住在临平。从我断断续续的交代里，他得知我和孃孃相依为命，家里条件不好。我还试图用眼泪和比较悲情的表述博取他的同情。

他基本认同了我的态度，依旧很和蔼地拿出纸笔让我写检讨书。这个活倒是我的强项，虽然不曾为自己写过，但没少帮那些顽劣的同学写，已经很有经验了。我取过纸笔，表述了如下内容：

一、事件基本情况和经过

二、事件的性质和后果

三、对事件的认识

四、后续的整改措施和保证

五、班级、姓名、日期

我认认真真地写好检讨书，双手递到沈副校长面前，然后站到一边低着头，像电影《桥》里的勤务兵一样毕恭毕敬地双手贴着裤缝。

他认真看了一遍，露出满意的神情，然后对我说："你的态度不错，但花木是公物，你要赔偿。"

我说："好的，老师。"

他说："罚款六角。"

我的脑子像被一千个锤子打了一遍似的。那时我口袋里通常最多不超过两角钱，而且都不敢轻易花。我迅速在脑子里换算了一遍：

六角钱＝六包老姜糖＝两个基础型卷笔刀＝三包鱼皮花生＝四把木桥浜路小商品摊的塑料手枪＝六支中华牌HB铅笔

这差不多是我两周的零花钱，并且当时我身无分文。

一个人说了谎，就要用千百个谎去圆；一个人做错了事，必然要用更多的伎俩去掩盖。

在一串红这件事上，我不仅做错了事，还说了谎。

我不记得那天是怎么回的家，那几乎是我生命里第一次因为金钱的事情失了眠。这实在是太糟心了。沈副校长考虑到我的实际困难，把罚款缴纳期限延长到第二天早自修前。

失眠之夜，我想了很多。毫无疑问，这件事从头到尾都是我的错。我可不想父亲再带着我去学校赔礼道歉。误伤同学的事件犹在眼前，我最怕给家里制造麻烦。

第二天一早，我如期把六角钱纸币交给沈副校长。他依然用和蔼的眼光看着我，还多了些许嘉许。他笑着说"很好很好"，然后把钱放到办公桌的抽屉里，继续说，"你的表现是主动的，认识是深刻的，这次批评教育就好了，下不为例哦，记住一定要爱护公物"。

他笑眯眯地看着我说，"按照规定，罚款要给你开收据的"。我忙说，"老师，不用了，不用了"。他说不行，必须开收据，然后从抽屉里拿出笔和一本空白收据，小心地垫好两层复写纸，在项目栏里写上"罚款"，在金额栏写上"人民币六角整，0.60 元"，在经手人一栏里签上自己的名字。他把收据联撕下来递给我，还是笑眯眯的。我连忙双手接过来，说了一声"谢谢老师"。他一挥手说"去吧"，然后把身子靠在藤制的圈椅里，长舒了一口气，如释重负。

1983 年，我以优异的成绩考上临平中学初中部，离开了母校一小。之后，它一直以"老一小"的称呼或者"一小将军殿校区"存在于原址，中间历经了几次大的拆建。

我经常想起一小，想起这个曾经让我欢喜让我忧的母校。我很感谢少不更事的成长岁月里，淳朴的师长给予我的谆谆教导。我曾在这所全县最优秀的小学里茁壮成长，并且一直很自豪是一小毕业的，有时甚至比说自己是临平中学毕业的还要得意。

对了，你们一定好奇我是怎么在一夜之间筹到那六角钱的，不过，我不会告诉你，但我发誓是通过正常手段获得的。

2021 年 9 月 28 日

井

·

·

临平原是有很多井的。

沧海桑田，古临平湖几开几塞，渐成汀州湿地，最终成陆而居人，而成市集，井也渐渐随之出现。

在我看来，井的存在无外乎两个目的：一是应对枯水期或旱灾储水以做灌溉之用。农耕时代，年景和收成只能靠天保佑。临平山的白龙祠专用来祈雨，就是一个例证。二是解决饮用和洗濯的问题。临平湖最早和钱江连通，钱江又通着大海，那么水质应该也接近咸水，但通过底层砂土的层层过滤到了镇上，渗入井内的水变得清澈，能够满足饮用、洗濯之需。就算 20 世纪 70 年代后期自来水厂运行多年，也根本无法完全代替井的地位。

此外，井水还能充作消防之用，这个应该是井的衍生作用了。嬢嬢说镇上还有水龙会，里面摆放着很豪华的全套救火洋龙①。

临平镇上的井太多了，随便经过一条街巷，就能遇见一两口。井一般设在街、巷、弄的路口，拐弯处或交通便利处，当然也有藏匿于深宅大院的私家井，很难统计完全。井有各种各样的：新的、老的、

---

① 洋龙：旧指水龙。引水救火的工具。旧指水泵。

双眼、三眼、四眼甚至六眼的。大园里的那口井就是六眼的。很多古井使用多年，久旱不干，井沿都被桶绳磨出深深的印子。我家老宅对面是一口双眼井，历史似乎不算悠久，但我对它却有极深的感情。井圈以水泥浇注，外侧是拼接在一起的六边形，内里是圆形，像个朝天的望远镜。井台也是水泥砌的，约五米见方，地面划了一些大格子的防滑线条，却依然很滑。井的内圈用青砖砌得整整齐齐，内壁上长满了青苔以及三两株叫井埠边草的植物。这种植物的生命力极其顽强，平时基本长在背阴潮湿的墙缝等处。它有一个很好听的名字，叫凤尾蕨，属蕨类。我还知道它是一味中药，清热解毒平肝，外公专治黄疸肝炎的草药秘方配伍里就有它。

井是极幽深的，水位通常在七八米以下，居民都是用系了麻绳的白铁皮桶（我们叫洋铅桶）去打水。打水是需要技巧的，如果你直着把桶扔下去，那桶多半是漂浮在水面盛不到多少水。一般是要在接近水面的时候，向左或向右猛甩一下绳子，凭借惯性将桶口调过来，斜覆于水面入水，桶便沉下去了。有时水不满，还要借重力透上几透，待桶完全没入水中，这时拎定绳子，双手交替着将装满水的桶拎出井口。如果没有经过练习，完成这个动作会比较困难。好在江南小镇的人大多熟练这种技巧。我那时气力小，悬着臂膀一口气直接把满桶水拉到井口是做不到的，一般都会在中途让绳子在井沿内侧靠上一会儿，歇一次力才可以把满桶水拉上来。

史家埭这口井的水，主要是供居民日常洗濯之用。夏季，自来水供应不足的时候，嬢嬢也会让人挑了井水注满灶屋内的七石缸。但井水有时不太干净，需要用少量明矾沉淀过，才可以煮开饮用，大抵明矾能让井水更清澈吧！

井水最大的好处就是冬暖夏凉。夏天午睡醒来，去井边吊一桶水洗个脸，冲一下穿着塑料凉鞋的脚，便神清气爽地去上学了。或者暑假的下午，用井水镇上几瓶虎跑牌汽水，浸上一个西瓜。井水的凉，没有机械制冷的味道，是那种很妥帖、恰到好处的凉。特别是泡在水里的橘子汽水，泛着橘黄的色泽，白色的瓶盖上印着一只绿色老虎，口味可以甩可乐、雪碧十八条街！当然，那时的我们根本没有尝过可乐、雪碧的味道。

井水的温度基本恒定在4℃左右。冬天把手浸在井水里不至于太凉，还会冒出白色的热气。对了，过去江南的冬天特别冷，比现在冷多了，那种阴湿的冷可以秒杀东北的冷，虽然气温不算太低，但冻骨头。

人们在缸里放上一根络麻秆或者竹竿，即使水面冰结也不会撑破缸。无线电厂门口的塘里结了厚厚的冰，我们怎么扔石头也砸不破，只有峰峰拿了建筑社里的砖头扔过去，"扑通"一声把冰砸出个大窟窿。他吸着晶亮的鼻涕，搓着冻红的手掌，得意地笑了。结果伟伟偷偷去告状，峰峰一回家就被扒了裤子，屁股在堂前的条凳上被打出清脆的声响。

冬天我一般不太愿意去井边，井水泼在井台上结了冰，很容易滑跌，摔成骨折的也不在少数。有些上了年纪的老人，在井边摔了一跤就再也起不来了。君子不立于危墙之下，我可不去做无谓的履险。

虽然没有明确的界定，但井似乎也是有地域界线的。理论上讲，一方水井养一方人，临平镇上每个区域都有专属的井，本地人一般不会使用别处的井。比如挑水阿毛住在后横弄，弄口有个四眼古井；大头太子家附近的大园里有六眼古井，他经常出没于那里，不会去后横弄，因为怕挑水阿毛。他俩是死对头，虽然踞守着属于自己的井，但因为镇子太小，难免不时出现交集。

木桥浜路与北大街交叉口，有个自来水站，处于全镇最核心的位置。

水养人、水生财，临平人原先吃临平湖的水，后来吃临平山上的山泉水，再后来建成国营临平啤酒厂，又升格为浙江西泠啤酒厂，缔造了一个传奇。因为工业用水的问题，镇上人后来就改喝取自亭趾河港里的自来水。啤酒厂里用这么好的水酿制而成的中华麦饭石啤酒、活力王 SOD 啤酒以及菊花啤酒，当时却觉得味道一般般，不过那时我也不会喝酒。近些年我研究精酿啤酒，想起原来中华麦饭石啤酒的配料表里注明麦芽浓度是 12°，虽然原料中也使用大米来降低生产成本，并非严格遵循巴伐利亚啤酒公约，但对于一家国营啤酒厂来说，它一度为地方经济创造了大笔利税。此外，原料还有麦饭石矿化过的安平泉水、进口麦芽和纯正酒花，富含人体必需的八种氨基酸……如今想来这绝对是国产良心之作了。

可惜，当我学会喝一点啤酒并对此略有研究的时候，却再也喝不到那么纯正厚道的工业啤酒了。正所谓"年少不知曲中意，再听已是曲中人"。

又扯远了，说回自来水。

家家户户用上自来水是 20 世纪 80 年代中后期的事情。为了应对人口增加，水厂把取水口改在亭趾乡，临平人不再饮用山上的天然矿泉水了。井水碱性偏高，卫生状况也不稳定。相较而言，自来水经过专业处理，更适合饮用。但当时自来水龙头在镇上比公用电话还要少，居民们需要排队取水。水按担计算，两分钱一担。水桶的形制和容积都一样，出自镇上的木器社或者东茆桥脚的箍桶店。木桶使用数片有弧度的木板拼制，外部用两三圈粗竹篾箍紧，严丝合缝，使用数年也不漏水。那时候的箍桶匠地位不高，却是真正的手艺人。如今，箍桶匠只出现在新造的古镇景区里，估计也快绝迹了。

木桥浜路口的自来水站是挑水阿毛的地盘。

挑水阿毛，顾名思义就是挑水为生的。那时候自来水按担卖，老弱病残肯定是挑不动这一百多斤水的，挑水工便应运而生。按理来说，挑水工应该是五大三粗、膀大腰圆的，但挑水阿毛恰恰相反。他约莫四十岁的年纪，长得精瘦。因为长年担水的缘故，他的背微驼，下面是标准的罗圈腿。平日，他总是敞着一件破旧褪色的靛蓝上衣，裤脚绾起一高一低，脚下一双旧草鞋（后升级成破洞的解放鞋），一年四季如此。因为太瘦，衣服不像是穿在身上，而是挂在身上，但眼神炯炯，又像一个身怀绝技的杀手。想象一下电影里的扫地僧或者丐帮长老，基本就是他的样子。

挑水是个力气活，也是个技术活，但没有职称，连个匠也算不上，没有人叫他们挑水匠。可是如果没有两把刷子，一个上午挑几十担水，也不是什么人都干得了的。至少大头太子是吃不消这份苦的。

挑水阿毛通常站在水站边，把扁担横架在脖子后面拱出的肩颈部位，两只铁钩从扁担两端挂下来。这个姿势看上去很像镇上教堂里被钉在十字架上的耶稣。

清晨，太阳还没从梅潭堰头升起来的时候，木桥浜水站已经排满了黑褐色的旧水桶。水桶长龙蜿蜒出去十数米远，桶的主人则在一旁候着，不时将空桶往前挪一挪填补空位。每天的这个时段，也是镇上居民互通信息的好时机，民间口头艺术家们发挥所有想象，加上一点捕风捉影的事实，分分钟就搞出几十个小说桥段。

挑水阿毛没工夫掺和这些破事。他只是不经意地听一耳朵，汲取其中的精华片段就足够了，而且从来不参与讨论。他用一双不大却有神的眼睛观察着放水的进度。

"宗桑①短命的自来水厂，今天的水这么小！"他嘀咕一句。

他根本没想过，如果他咒骂了千百次的自来水厂真的短命了，他靠啥吃饭？

但他干活却毫不含糊。待一桶水放满，便抓定桶柄，单手发力拎到一边；伺下一桶放满成双后，他把扁担一头的铁钩子准确地套在桶环上，略一侧身弯腰，把另一头也准确无误地套上，即刻顺势发一声闷哼，腰部用力，稳稳地将双桶担离地面，桶里的水几乎都不晃一晃。

他担起水，纳着头，抬脚迈着"外八字"步便快速往前走。满满两桶水借扁担的弹力，上下一颠一颠地攒动着。因为个子不高，看过去这两桶水像是擦着地面快速移动过去，从背后看，挑水阿毛细小精瘦的身材和两个大大的水桶明显不成比例，像动画片《三个和尚》里那个小和尚。

挑水阿毛家住在后横弄角落一间很小的平房里。他可能也不知道自己是从哪里来的，好像很久以前就和这个镇子生长在一起。他自认为是木桥浜路水站的扛把子，但事实上看管水站的是一位慈眉善目的阿太。她总是绾着整齐的发髻，穿着右衽盘扣的夏布上衣和七分长的黑拷绸裤，缠着小脚，佝偻着背。水龙头的开关是套上去后再拧动的，就像一把钥匙，没有它就放不成水，这是自来水厂赋予放水者的神圣权力。因了这个权力或者说是放水把柄，放水阿太的人缘非常好。她坐在一张高的靠背椅子上，像一只夜鹭停在水边的树枝上，用戴着金戒指的鸡爪般的枯手把持着水龙头，面容平和，与世无争。

挑水阿毛却是个不明事理的人。他一度认为自己也有这个权力，

---

① 方言，畜生的意思。

免不了时而高调张扬。有时候排队的人多了，队伍有些乱，他会咋咋呼呼地维持秩序——"不要挤，不要挤，一个个来，挤来挤去等歇^①污^②都挤出的！"

他就是这么藤头藤脑^③，因此人缘并不太好。这个被水桶牵绊的小个子男人忘了一个道理：如果放水阿太是一头神圣高贵的犀牛，那他挑水阿毛不过就是一只拾取牙慧的犀鸟。

关于这一点，大头太子早就看明白了。

"藤头藤脑。"大头太子含糊着舌头，在水站三丈开外说。

"侬骂谁？！"挑水阿毛说。

"侬个挑水阿毛狠儿麻子多管闲事……"大头太子补了一句，又退开去两尺。

"你再说一遍？"挑水阿毛说，并取下搭在肩上的毛巾。

"藤头藤脑弄不灵清，吾怕你啊？"大头太子已经掉转身子准备撤了。

"那么只……"

话音未落，挑水阿毛施展轻功提纵之术，电光石火般窜到大头太子身边，一个巴掌就扇到大头太子肥厚的后脑上。大头太子虽然牛高马大，但身手比较迟钝，根本来不及招架，更谈不上还手。

他涨红了脸连连退避，却避不过挑水阿毛凌厉的攻势。这个场景打个比方，就像是一只加菲猫被杰瑞小老鼠攻击的样子。

"欧欧欧！大头太子又被挑水阿毛拷喽！"

---

① 等歇：临平方言，等会儿。

② 污：临平方言，屎。

③ 藤头藤脑：临平方言，犟的意思。

镇上的小朋友追着起哄。

每次争斗都以大头太子惨败落荒而逃收场。

挑水阿毛又回到水站边，瞪着大头太子跑到很远处。两人远远对视，暂时偃旗息鼓。

"伊自家藤头藤脑，嘴巴犯贱。"挑水阿毛像得胜班师回朝的将军一样补了一句。

"侬这个藤头，那窝里①死光！"大头太子揉着不长毛的大脑袋上被挑水阿毛凿出的青肿栗爆子，远远跳着脚骂了一句。

"你再骂声看？"挑水阿毛猛纵起来，作势要追出去，大头太子见势不妙，蹒跚着脚掉头便跑。他的脚先天有点毛病。

这样的场景，在小镇的各处无数次上演。

挑水阿毛和大头太子这对 CP 一胖一瘦、一大一小，外形鲜明得像龙兴寺前门关帝庙里的哼哈二将。

大头太子祖上老底子是镇上数一数二的好人家。他家的老宅在东茆桥北面。据说发达的时候，从赵家弄到顾家弄全是他家的房产。也有说半个临平镇都是他家的，这有点夸张了。顾家弄一带是临平镇上的黄金地段，相当于上海的陆家嘴。我估计早年的时候除了孙士毅的洋园，别家都比不上他家的气派。因为他家的条件实在是太好了，好得让人嫉妒，活得就像太子爷，才得了"大头太子"的外号，所以特别招挑水阿毛嫉妒。

大头太子小时候在元帅殿的私塾里读书。他不走路，是叫仆人背着去上学，家里还专门雇了好几个奶妈。据说他家里天天吃黄鳝、甲鱼。大头太子出生的时候就天赋异禀，当时他妈妈差点难产死掉。据

---

① 方言，指"你家里"。

说他是小老婆生的，因为是独子，老爷宝贝得不得了。他的异禀主要来自脑袋，出生时就特别大，可能这就是难产的原因。不仅大，而且长得像寿星佬，额头前突。他好像从来没有长过头发！杨瞎子算了他的八字，说了四个字："经天纬地。"说完又叹了一口气，再问就什么都不肯说了。

直到新中国成立前，大头太子都是锦衣玉食。大约具有"经天纬地"之异禀的人都有些小毛病，比如他的口齿就不太清楚，一把年纪说话还是奶声奶气的；腿脚也不利索，走路有些蹒跚。但他总用手托着大脑袋做思考状，看上去一副深沉的样子。

大头太子的幸福时光维持了没几年。由于家产是盘剥而来，后收归国有。父母故去后，大头太子也成了孤家寡人。他没有学宝玉看破红尘出家，而是不争气地领着政府的救济金，整天在镇上游荡。他的本名叫什么，除了镇委的工作人员，几乎没有人知道。我们镇上把脑子不正常的人叫"毒头"，而"毒头"和"大头"用临平话叫起来差不多，所以很多人叫他"毒头太子"。可要说他脑子不正常，他的记性却好得很，隔三岔五都要到镇里去，像上班一样。镇里的人见了他，头便和他一样大。

他去镇里的主要目的是要回家产，其中包括一对玉马。这对玉马是他家的传家宝，正宗的羊脂白玉，价值连城，但谁也没有见过。不过大抵是有这样一件事情，而且这对玉马极有可能被某位南下的干部收缴了。镇里有很多南下干部，都在地方担任要职且一身正气，本地人没有人敢当面叫他们"山东侉子"。

大头太子每次到镇上，工作人员都对他挺客气。他总是拄着拐杖在镇里一坐就是大半天，到午饭点了就回去，除了喋喋不休地说玉马的事，也不无理取闹。有时，他从镇里回来路过熟悉的人家也会去坐

临平十九韵 · 井

一下，比方说我家，然后用含混的口音，一边比画一边像祥林嫂一样反复说他家的玉马被抄去了。镇上的人总是问他，玉马要回来没有？他撩起别在胸前一侧的格子手帕，擦擦大脑袋上的汗水，又擦擦口水说，没有！

有时候，他一个人坐在东茆桥的桥栏边，看着上塘河里的水和船发呆，不知在想什么。有时候，他经过大园古井，也会在井边独自站一会儿，看看洗濯的人们，大家会笑着喊他一声"大头太子"。

他是好人家出身，衣服虽旧，但穿得很周正。镇上人多半良善，除了嘲笑他几句，喊他几声"大头太子"，几乎没人欺负他，除了挨天杀的挑水阿毛。

我们后来分析起来，挑水阿毛和大头太子笃煞结头（结下梁子）其实也没有什么大事情，就是这两个人钉头碰铁头，天生是对头，彼此看不惯，一遇就要吵。挑水阿毛太穷了，是真正的草根阶层，一人吃饱全家不愁。这两个人年岁相仿，一个精瘦，一个胖大；一个目不识丁，一个识文断字。大头太子自诩好人家出身，挑水阿毛和他不在一个层次；挑水阿毛认为大头太子一个地主破落户还嘴巴老贱，所以他们几乎把斗嘴掐架当成了毕生事业。

论打架，大头太子根本不是挑水阿毛的对手，但斗嘴，大头太子从来不遑多让。斗不过大头太子时，挑水阿毛无数次想把他打死，但每每交手还是点到为止，不下重手。没办法，大头太子打不死也不能打死，打死人要偿命这个道理挑水阿毛懂。更重要的是，少了大头太子，挑水阿毛只能独孤求败了，他会感到无聊吧！

撤县设市了，临平的城镇化建设日新月异。

著名的俞曲园和籍籍无名的我都住过的史家埭被拆迁了，改成了街心花园。我们这群正宗的老临平人被安置到红丰立交桥下的居民小区；顾家弄、赵家弄、前后横弄那些深宅大院也拆了，包括大头太子仅存的那间老屋。陡门口作为现代化城镇中心面目一新。大头太子的生活已经不太能自理，脑子也越来越不好使了；自来水早就通进家家户户，挑水阿毛天天诅咒的短命的自来水厂升级成了自来水公司，他终于如愿下了岗。

老天大约是可怜这两位苦命人，最后把他们一起安排进了敬老院。

一般人是不去敬老院的，里面住的基本都是镇上的孤寡老人。我们小学时还组织去敬老院献爱心做服务。大头太子住东边的小房间，挑水阿毛住西边的小房间。院子里有两棵桂花树。秋天，老人们坐在桂花树下对弈，太阳下晒着被面、枕头、马桶，一派祥和幸福的景象。

唯一不和谐的，还是这对老冤家，时不时地，一两句口角就能引爆小规模"战争"。大头太子的口音越来越含混，但依然咄咄逼人，锋芒不减当年；挑水阿毛的身手大不如前，有时揪牢大头太子给他吃笃栗子的时候，会觉得喘不上气来。其他老人把他们劝开后，大头太子躲到房间里半天一声不响，挑水阿毛则叉着腰在院子里走来走去，彰显自己的胜利。他们有一点挺默契，就是从来不冲到对方房间里去挑衅。

大头太子一共出走过两次。

他还是忘不了那对玉马。他大概听人说起抄走他家玉马的那位南下干部调任到外地去了，便在某天晚上悄悄整理铺盖卷出了门。也有人说是挑水阿毛欺人太甚他才出走的，但这个说法我和挑水阿毛都不认同。

没过几天，大头太子又神情颓败地出现在敬老院。外地政府在路边"捡"到他，及时把他送到救助站，并在确认身份住所后，又安全地把他遣送回来。刚回来那段时间，挑水阿毛很久都没有主动挑起战争，他的目光忽然变得黯淡且没有攻击性了；而大头太子似乎变得沉默很多，大脑袋越发地光亮了。

大头太子还是经常一个人去桥上坐着，或者去井边转转。

挑水阿毛经过那个早已不存在的水站原址，也总是伫立良久。

他们都老了。

再后来的一个晚上，大头太子又悄悄出走，还是要去找他的那对玉马。但这次，他再也没回来，不知所终。杨瞎子几十年前的那声叹息终于落了地。

敬老院最终搬迁到山北去了，挑水阿毛也从我们的视线里消失了。车马依旧川流，街市依旧太平。临平这个小镇仿佛一夜之间变成另外一个模样。除了东茆桥，除了上塘河，别的旧景物好像都不在了。

挑水阿毛门前那口四眼井被填平了，建起了假日酒店。

大头太子经常路过的大园古井也被填平了，有一个井圈被移到一条步行街上，立了保护的牌子，但并没有水，只是一个象征性的井的样子。

我常常想起临平街上的井。

它们表面上各自为界，互不相干，却因地下水而连通。

在我的脑海里，它们依然三三两两散布于临平小镇的街巷各处，黑洞洞的井口深邃地朝向天空，像是凝视上苍的眼。

2021 年 9 月 24 日

站

· ·

———— **1** ————

走过了很多山，涉过了很多水，兜兜转转半辈子，忆起临平往昔，仍然是心里最温暖熨帖的所在。

临平现在的逸仙路，原来叫中山路。

几乎每个城市都有一条中山路。中山路通常都在最繁华的中心地带，基本都是具有历史印记的老路。

和西大街交叉的中山路南边的尽头，原是临平火车站。

我真的太喜欢那时候的临平火车站了。它看上去很旧，很沧桑地伫立在当时临平小镇的南侧。再过去应该是翁梅地界了。沪杭铁路建成于1909年，和临平建站的历史几乎是同时的，比后来我看到的著名的王江泾苏嘉铁路还要早二十多年。前一年，史家埭先邻陈星炜的临平学堂也正式建成了。当时我并不知晓这些，只知道火车可以去往很远的地方。

中山路和临平火车站是绝配。但如果少了邮电局，也是不完美的。好在从我记事起，这三者一直有机生长在一起。按现在的话来说，这是一组纯粹民国风的没有一点做旧痕迹的组合景观。

从西大街跨过中山桥往南，就是这短短数百米的中山路。中山路也叫车站路，后来改称逸仙路。两边的商户我已记不清了，就知道后来的医药公司门市部在路的东侧。"医药"两个字的繁体写法一眼看过去很像"酱菜"，以至于有北方来的客人路过，看了半天招牌很惊讶，说到底是南方钞票好赚，卖个酱菜都能开这么气派的店面。

再往东南处的河南埭有家茶馆。那是一家历史悠久的茶馆，也是镇上和周边乡村老人的"乌托邦"。天光还没有大亮，老人们在河南埭菜场里卖（买）完菜，双方皆舒一口气，蹩进茶馆择个好位子坐定，泡一壶茶。茶叶可以是炒青、花茶、珠茶或者红茶高沫子，总之作为日常的劳保茶，一向低调的临平老茶客 一般不会点更高档的瓜片、碧螺春、龙井等，这些茶品多数时候只是茶单上的摆设，倒是有相当一部分茶客会沽上几角钱黄酒。

吃早酒、吃早茶都是江南一带的风俗。喝茶喝酒，我们都叫"吃"而不叫"喝"是有道理的，因为在喝茶喝酒的同时也把早餐解决了。早餐可以是三块豆腐干、两块油豆腐、一碟猪头肉、一碗光拌面或者素丝面（一般不会叫三鲜面和肉丝面）。对于老酒鬼或老茶枪来说，哪怕是几粒盐津豆，也可以过①上半斤黄酒或者一上午的茶饮。所费并不多，却丰富了整个小镇的清晨。

茶馆兼设书场，这应是早年大江南北各地的标配。我们叫"说大书的先生"。称为先生，表明是有一定地位的，他们是真正的艺人或者说民间艺术工作者。那时还没有"网红"，也没有开直播的条件，却在每天早上特定时段在茶馆现场拥有一张独立的说书台和极高的

---

① 过：动词，临平人把下酒下饭称为"过"，意同南方的"过早"。

人气。

茶馆入口处照例挂了一块木牌，上面蒙了红纸，用毛笔写着：今日书目——《说岳全传》《火烧红莲寺》等，前卫一点的有《蜀山剑侠传》。那书法是极好的，有米芾遗风。茶室分上下两层，下层地面是夯实的泥地，上层是楼板；下层相当于堂食，楼上相当于雅座。身份不同，享有的茶位和价位也不同。唯一相同的是，说大书以听觉享受为主，即使看不见说书人的表情动作，楼下的茶客也能听到故事的起承转合，有时顺着说书先生的语调，不自觉地摇头晃脑，陶醉在跌宕起伏的情节里。待到天光大亮，日头从长安方向照到东茆桥的桥栏时，茶市也基本散场了。

茶馆里用得发亮的茶桌被擦得干干净净。茶客们各自专用的紫砂壶、白瓷壶、搪瓷壶等被刷洗擦拭，码得整整齐齐。煤饼炉上的大铝茶壶、铜茶壶早被熏得漆黑，火钳斜倚在炉边，退火的煤块散出有点刺鼻但亲切的火气。

一堂阒寂，静得如同从未有人来过。

其实我并没有进过茶室，一次都没有。

2

临平火车站是正宗晚清至民国建筑的遗风。车站不大，毕竟早先与之配套的临平也只是一个镇。但因为镇子位于沪杭公铁的必经之地，又靠近上塘河与运河，交通区位的优势一直以来是非常明显的，不闭塞却也谈不上特别发达。镇上的民风温良恭俭，与世无争。

临平站的候车室和沪杭线上所有的候车室风格是统一的，砌着灰色的砖墙，盖着黑色的洋瓦，镶着木框玻璃窗以及深绿色的几乎从不关闭的大门，从外面看上去，给人的感觉很是沉稳踏实。候车室的地面是洋灰（水泥）浇筑的，因为使用得久了，呈现出不太干净的黑色，还有不少坑洼破败。一边是小小的倒"U"字形的、像鱼嘴一样张着的售票窗口，只能看见售票员小半张脸。窗子多数时候还是关着的，用绿色的木板堵着。候车室里排了十数张绿色的掉了漆的长椅。有时候，流浪者把这里当作临时憩息场所，子夜时分躺在长椅上入眠，像神秘的侠客令人敬而远之。

通往月台是一个很高但不宽的小门。戴着大盖帽、穿着铁路制服的检票员拿着剪票夹，他每天只有很少几次需要站在这里检票，因为经停临平站的车次相当之少。没有电子显示屏，时间到了，检票员腋下夹着红旗喊一声，旅客们就三三两两自觉排成纵队，携着大包小包依次通过检票口来到月台上，向列车来处张望。之前空寂的月台上登时就热闹起来。我记得月台的东边有一个废弃的碉堡，据说是日本人留下的。碉堡旁边生长着茂密的夹竹桃。这种植物在铁路沿线被广泛种植，有剧毒，花却很好看，和碉堡的风格很配。站台一侧立着一块白色的路牌，上面刻着：

临　　平

LIN　PING

乔司←－－－－－→周王庙

乔司，我熟悉。但周王庙是个什么样的地方？庙大吗？周王又是哪路神仙菩萨，有着怎样古老而神奇的传说？这都是我少年时不得而知但又很想知晓的事。

3

邮电局在中山路的转弯处，大厅里和银行一样设了木椅子和窗口，分别受理电报、电话和邮件等，厅堂里有一个大邮筒。绿色是邮局的标准色，配上黄色的字体，让人感到很安静，却又有距离感。那时的日子慢，镇上一般没啥急事，除了寄信，基本打不上长途电话。再说那时候大多数人根本没有接触过电话，如果真让我打个电话，我会觉得是一件很恐怖的事情。电报就更加没有机会发了。

然而，戴大盖帽的邮电局职员看起来实在是太气派了，我一度有成为邮政人员的理想，即使做不了骄傲的窗口营业员，能穿上一身邮电绿成为邮递员也是极好的。骑一辆二八的绿色制式自行车，前后杠搭着帆布挎包，装满信件和报纸，走街串巷去投递，认识镇上每个老街坊，打着热情的招呼，时不时搛出两下清脆的铃声，这个职业真的可以做到老。

因为羡慕和好奇，我和同学放学时不时会窜到邮电局去玩，看顾客用正楷在专用的电报纸上写下简短的电报内容，再递进窗口让营业员按字算钱。电报能够锻炼人如何用最简短的语句说明最详细的事项。那时看了很多侦探小说，里面都有用明码电报传递特殊信息的情节，感觉那是非常神秘的一项活动。

有天放学，我和伟伟突发奇想模仿反特电影《羊城暗哨》和《黑三角》里的公安便衣，在人民医院盯梢上一个外地人。此人 40 多岁，中等身材，面容严肃，拎着一个印有"上海"字样的人造革拎包。那时候，公出人员几乎都使用这种质地粗糙的拎包。很多年以后开始流行 LV、PRADA 等大牌的公文包，回想起来，其实它们和当年的拎包是一样的形制，而且那个铁灰色、带着细横纹的人造革很像 PRADA

的专用面料。

那人穿了一件小翻领的"的确良"条纹香港衫，梳着打了发蜡的背头，穿一双包头镂空的黑色皮凉鞋。直觉告诉我们，他极有可能是"漏网的敌特分子"，所以动用了一切从电影和连环画上学来的跟踪手段，一会儿躲进路边的门洞，一会儿走到报刊亭假装翻杂志，一会儿蹲下来装作系鞋带，紧盯着他的每一个动向。我承认，我们入戏相当之深。

他显然没有发现有人跟踪，一路从医院门诊部出来，穿过木桥浜路走过我们小学门口的将军殿弄，再进入西大街，过中山桥，走进了邮电局。我们跟着进去，假装看墙上的价格表。

只见他走到电报窗口，和业务员简短说了两句，然后取了一张电报纸，挪到柜台一边，认认真真地填写起电报内容。我们慢慢凑过去，一左一右夹在他的两边。柜台很高，我们个子矮需要踮起脚才能看清他写的内容。但我觉得我们可能暴露。因为他立刻发现异常，停下手中的笔，左右扭头看看我们，居然微笑了一下。他必是识破了我们的动机，并且对我们的行为表示鄙视。

我们只好掩饰内心的慌张匆匆走开。出了邮局的门，伟伟立刻把我拉到一边附耳说，他已经看到电报纸上"款已收，速发货"这几个字。按照电影或者故事书上的破译套路，这应该是敌人不甘失败的下场，用电报传递密令，计划于国庆节前夕针对重要领导及镇上的重要目标，比如县政府，或者电厂、东茆桥等实施一次阴谋爆炸。

我们躲到对面火车站门口的法桐树下，紧盯着邮电局的绿色大门。

不一会儿，那人出来了，很警惕地朝四周张望了一下，还好他没有发现我们，径直走向火车站。

进了站，他坐在木制的长椅上，踌躇满志地架起二郎腿，把手搭在椅背上。按照电影《黑三角》里的桥段，接下来他应该从椅子下方的某处摸出一张写有暗号的纸条，或者打开折扇，以半个扇坠为标志物等待前来接头的人，然后说出一句"曲径通幽处"，接头人回一句"禅房花木深"……

但事实上，他什么也没做。过了没多久，随着工作人员的吆喝，他站起身通过检票口，进了月台。

"他去嘉兴。"伟伟说。

"你怎么知道？"

"我猜的。"

~ 4 ~

沪杭铁路沿线在很长时间内是我们年少时期游玩的秘境。

除了不去往西横头，也就是西阳桥往南的铁路过街天桥以外，从临平中学一带直到火车站东边都是我们常去嬉游的场所。铁路边种了高高的枫杨树，铁轨架在真正的枕木上，像蜓蚰爬过的痕迹，带着闪亮的影子延伸向远方。

铁路边最好玩的游戏就是找些硬币或者大铁钉子，放在铁轨上让来往的列车把它们碾轧成薄片状。硬币并不具有可玩性，我们只是得到了椭圆形金属片，并且马上失去流通意义，还不如用它买根白糖棒冰或赤豆棒冰来得实惠。铁钉被碾压后却能得到小刀状的半成品，精磨以后可以制成真正的小刀子，虽然质地比较粗糙，却可以当作小飞刀或者用来裁纸。

这些游戏放到今天有破坏国家铁路设施的嫌疑，可那时我们少不更事，都没太当回事。

还有一堆石头被卸在离临平站不远的铁道边。那是一堆不规则的矿石，呈不透明晶体状。要是把它们捡回家，泡在水里，就会呈现出非常漂亮的绿色或者紫罗兰色，像宝石。现在回想起来，它们应该是萤石，但不知何故被卸在这里很多年，成了我们的玩乐场和寻宝场。

　　枕木下面是拳头大小的碎石（道砟），铺满整条铁路的路基。这些石头大部分是坚硬的花岗石，因为长年累月落下的机油和污物，石头表面显现着脏污的黑色。但我们常可以在这些石头里挑出少量非常有趣的另一种石头来。这些石头很稀少，需要凭借慧眼从万千花岗石块里挑出来，得到后可以用来制图章。它们的外形很不起眼，但当你用清水刷洗掉表面的脏污，再用锯条把它们分割开来，便露出了非常细润的、色泽是淡青色的内里，间杂着黑色的斑纹。我捡到过好几块，也因此制得好几方精致的石章。那时，我报名参加了学校的篆刻兴趣小组，虽刻不好最简单的汉白文印，却学会了自制印章。

　　话说回来，制章真的是一件非常有意思的事情。到史家埭的收购站捡几根废弃的断钢锯条，把石头锯开来，分解成正方体或长方体，用粗砂纸去除锯痕并打磨平整，把一头尖锐的四个角倒边打磨圆润，在水缸沿上再打磨光滑，因为水缸沿上的陶面是很细滑的，适合精加工。这样，石章的雏形就完成了。

　　接下来点个蜡烛头，让燃烧的蜡液滴满石章，冷却凝固后，再把石章放到火上反复烤透。如此，蜡就趁热渗进石章表面了。冷却片刻，再用粗糙的坑边纸把浮在表面的蜡质擦干净。这样，石章就呈现出温润油亮的表面，全部工序大功告成。制好的章，泛着温润内敛的光泽，捏在手里光滑而微凉。我至今不知道这是一种什么石料，走刀酥润顺滑，不逊于青田石。

20世纪90年代初，我去当兵了。入伍那天，我很希望能从临平火车站踏上征途，但因为临平站太小，当天没有经停的车次，我们被拉到杭州城站去乘车。那是我第一次长时间离开临平。

数月后，我得到探亲机会，并且买到在临平站下车的票。当我风尘仆仆辗转了六七个小时的中巴和火车抵达临平站时，已是日暮时分。那个场景和很多电影里演的一样。家乡的小兄弟们微笑着候在车站外，他们竟骑了一辆人力三轮车来接我。车是一位叫阿明的朋友的，他家在菜场摆水果摊，车平时是用来拉水果的。还有杨瞎子的孙子等一众"狐朋"。他们抢过我的行李扔上车，我跳上车还未坐定，他们就把三轮的脚踏板踩得像风车一样。

车子经过中山路，穿过西大街，折进拥挤的北大街。阿明是少体校运动员出身，膀大腰圆、虎虎生风。他一边用三轮车的刹车柄敲打着车笼头，发出"嗒嗒"的声响，一边用破嗓子喊着："让开让开，撞了没劳保！"

我的眼泪突然流了下来。临平，从来没觉得这么亲切的临平，十八岁以前我却每天都想着要离开它去外面闯荡。

火车站、月台和铁轨一直给我无限的想象空间。青少年时期不开心的时候，我总是喜欢沿着铁道往东走，也就是往许村长安方向。铁路两边有无垠的稻田、河流、农舍与狗。我想一直走到周王庙。高中毕业后，有一天，我和杨瞎子的孙子一起坐火车去了长安，那里有他的亲戚。我们在长安蹭了一顿午饭，拿了两包香烟，下午买了站票再回临平。"咣当咣当"的列车声响，足以慰藉小镇青年躁动的心。那是一场真正的短途旅行。长安也有和临平差不多的火车站候车室，但街貌远不如临平摩登，更存有旧时的影子。

后来，火车站搬迁到现在的车站路，临平客运站被彻底关闭，只保留了货运的功能。大部分绿皮火车已经退出现代交通舞台，虽然沪杭线上至今还有绿皮火车经过。

高仓健演过一部叫《铁道员》的电影，他扮演的那位铁道员在北海道一个叫幌舞的车站待了几乎一辈子，小站即将被关闭。铁道员一直守望着车站，面对改变无能为力，就像马尔克斯笔下那个没有人写信给他的上校。这是一部忧伤的电影，也是一部关于中年人、关于信念、关于情感、关于变迁的佳作，是我最喜欢的日本电影风格，还有我最喜欢的演员，没有之一。

我还喜欢日本歌手谷村新司的名曲《浪漫铁道》，歌词非常棒，很适合诠释《铁道员》这部电影的所有情节和情感表达。

虽然这二者并无关系，也和临平火车站没什么关联，但每次看这部电影或者听到这首歌，就会想起中山路上的那个沉淀了历史沧桑和少年离愁的车站，想起那些燃情岁月，无论它燃的是矫情、温情，还是激情。

夜阑人静的时候，我总是依稀听到绿皮火车那深沉号哭一般的汽笛声。

我突然很想再去坐一下绿皮火车。

> 我独自徘徊在一个不知名的火车站的站台
> 呆看着纷飞的大雪
> 细数那些枕木上梦的踪迹
> 铁路的右边是通向那繁华的东京的大街小巷
> 铁路的左边是通向那亲切的令人怀念的故乡

双手发抖但仍然牢牢抱着梦想和挫折

路轨被轧过的响声就像是旅途上的人在哀叹

相逢时候想到别离总是那样伤感

老人在喃喃自语

铁路的右边是虚无缥缈的幻想

铁路的左边是简单直接的幸福

迷惘的火车就像旅途上的人

——谷村新司《浪漫铁道》

2021 年 9 月 18 日

舞

●

●

"炎炎夏日何处去，木桥浜路影乐宫。"

本文的"舞"，试图叙述三个意思：一是舞厅，二是舞种，三是舞者。

说舞厅，要从影乐宫说起。

影乐宫大约建成于 20 世纪 80 年代末 90 年代初，附属于著名的临平电影院。和临平剧院相比，虽同属文化系统的国营单位，但电影院因为历史悠久，感觉档次要高一些。改革开放初期，临平电影院是最早试水市场化经营模式的。

电影院北侧挨着著名的木桥浜路，那里曾是临平最繁华的小商品地摊发源地。而剧院北侧出租店面占据了临平最大规模的游戏街机市场，后来跟风承包出去搞了个金苹果夜总会，这些都晚于临平电影院。

影乐宫吃到了临平娱乐圈的第一只螃蟹。它最早辟了一个明星电影厅，开始小厅放映。后来又搞了一个明星商场，虽然不大，但进货渠道值得点赞，一时门庭若市。接着又有了一个明星音乐茶座，在明星商场二楼，再发展到明星卡拉 OK。起初没有包厢，只有大厅，点一杯茶饮或者酒水就可以坐下点唱了，记得是两元钱一首。那时候效益比较好的炭黑厂正式员工的工资也不到月均 100 元钱。曲目不多，需要把歌名写在纸上交给服务员，按序播放。

在大厅唱歌的好处是听众很多，唱得好掌声雷动，唱得不好也有礼节性的鼓励；坏处是等待的时间较长，不得不忍受各种离奇的跑调。让人沮丧的是，有时会出现插队播歌的情况，不知问题是出在音控师还是服务员环节，这难免招致顾客的不满，有时还会引发摩擦。后来，经营方审时度势，顺势而为，便诞生了临平镇上最早的卡拉 OK 包厢。

木桥浜路影乐宫一带一直都是引领小镇时尚的前沿地带。

当时，在影乐宫跳舞的基本流程是这样的：先是交谊舞，慢三、慢四、快三、探戈等，晚九点开始放迪斯科乐曲，持续半小时，然后是歌手献唱，再恢复交谊舞，穿插伦巴、恰恰这些相对小众的舞种。这样的安排很是妥帖，就像一首完整歌曲的起承转合。

在没有学会交谊舞之前，我们去影乐宫只是为了九点钟的那场迪斯科。迪斯科是不需要固定舞步和动作的，只要随着劲爆的音乐乱蹦一气，营造一个群魔乱舞的氛围就很成功、很快乐了。那时最流行的音乐是《猛士的士高》之类，我还记得一个非常好听的系列音乐，是把彼时众多港台流行歌曲串烧在一起，叫作《跳动 72》。我还从来源可疑的地下渠道淘到过一盘《跳动 72》盒带，但上面标注的歌手却是欧阳菲菲。当时，我们手里的盒带要么是借来的，要么是盗版的，正版的只在西大街中山桥对面的新华书店音像门市部有售，那可是笔"巨额消费"，品类也不算时尚前卫。

影乐宫经营得如日中天之际，我已经从部队回到地方，进了一家国有银行，从事柜面工作。临平人早些年调侃地把柜员叫作"柜头猢狲"，但我们不一样，银行还算比较吃香的单位，尤其专营外汇外贸业务的银行，客户多来自三资企业。工作内容有些单调枯燥，也极不符合我的个性，每天核对交进来的支票、汇票并在回执上盖章，虽然整日和让我最头疼的数字打交道，但生活安定，待遇尚可。我甚至和几位同事兄弟憧憬起退休后在×行老干部俱乐部下围棋、喝黄酒的情景。

可惜我们之中大部分人没在这家银行撑到最后。2000年至2010年，亦是金融体制改革大潮涌动之际，在各家股份制商业银行、城商行纷纷涌现的时代背景下，我们中的大部分人怀揣着不同的离绪各奔东西，有的仍在金融行业或其他领域颠沛流离，有的随波逐流或自强不息地开创了新局面，缔造传奇……

影乐宫的辉煌时期正值我们风华正茂，下了班就换上休闲时髦的服装，浪迹于影乐宫等娱乐场所，享受生活的馈赠。那时，我们认识了一种叫作"电力纺"的丝绸面料。我在《厂》一文里说到，丝绸是临平的支柱产业之一。不知从什么时候起，我们用从丝织厂或者别的各种渠道搞来据说是要出口的真丝电力纺面料，制成真丝短袖衫。这种短袖设色大胆，图案繁多。这种短袖衫的版型极为宽松，半袖样式，下摆掖进腰间，下身的标配是紧身小脚西裤，脚上配一双浅口尖头皮鞋，故意露出一大截白色线袜。走动起来，空气会把上衣鼓起来，有点飘飘欲仙的味道，再配上中分或者四六分的发型，无论在舞厅的激光下还是走在街头，都是一道亮丽时尚的风景线。

再说说舞者和舞种。

影乐宫有一部分是真正的舞者。他们通常年届中年，因为热爱舞蹈艺术，常年坚持练习舞技，精气神保持得很好。他们都穿正装，男士是素色或条纹短袖衬衣以及裤线熨得笔挺的西裤，女士身着艳色连衣裙或缀有精致花边的曳地长裙。

《月朦胧鸟朦胧》《桑塔·露琪亚》是标准的慢三，《容易受伤的女人》《让我欢喜让我忧》是慢四，《鸽子》是探戈，《春之声圆舞曲》《多瑙河之波》是快三华尔兹，还有欢快俏皮的恰恰和伦巴舞曲。

真正的舞者值得尊敬。他们不在乎跳舞的场所有多简陋和嘈杂，音乐一旦响起，就是他们神采飞扬、自信爆棚的时刻。

检验真正的舞者和我们这些伪舞者的标准，除了着装，就是快三和探戈。

探戈舞曲响起的时候，男伴彬彬有礼地上前做一个邀请的手势，女伴优雅地撩一下裙摆，相携来到舞池边缘。二人默契地搭好架子，寻找一个"舞点"，便心领神会地启动舞步，像两条鱼滑入池塘般自然而然地融入节奏。这感觉有点像小时候跳的大绳，找准切入点，才能把握好后来的节奏。紧接着，他们会来一个标准的甩头动作。据说这个动作最初是为了防备情敌的佩剑偷袭。那时候在阿根廷跳个舞实在太危险了，早改成踢足球多好。不过，这个甩头动作实在是太潇洒了，让探戈舞者迅速成为整个舞池的焦点。

当快三华尔兹的乐曲响起时，舞池里基本只剩下严肃舞者的身影了。

顾名思义，快三的节奏非常欢快，舞者们绕着舞池顺时针方向公转，保持一定的间隔，同时又以自身为轴心快速自转，让人产生一种错觉，华尔兹是天文学家发明的吗？错综的舞步看得人眼花缭乱，女伴们普遍拥有苗条有致的身材，裙裾摆动起来曼妙无比；放眼望去，整个舞池化身绚丽的旋转木马，异彩纷呈，同时也引来众伪舞者艳羡的目光。

跳快三需要较强的小脑平衡力，脚步转换时要迅速形成一个略微向外的离心力，还要舞者具有较高的默契度，因为一不小心就会踩到舞伴的脚，且容易转晕。所幸整个夜场中最多穿插两到三支快三曲子，大部分普通舞者还可以沉浸在慢三、慢四的舒缓节奏里。

慢三、慢四的难度不大，通常是邀请异性舞伴的好时机。结果不外这样几种：邀请成功、被拒后悻悻而返，或者厚着脸皮不走以至掀起一些小风波，比如一旦惹得与受邀女士同来的男伴的不悦，就可能引发口角或者肢体冲突。好在影乐宫的舞者素质普遍不低。

老单位有个同事，时任保卫科长，就是真正的舞者。人长得高头大马的，远远望过去就像一块巨大厚实的板壁。他常骑着一辆擦得锃亮的永久牌二八自行车，穿行于街头。我很诧异，这么庞大的身板，只要下到舞池，就像"浪里白条"张顺跳到江里，如鱼得水。我多次看他轻盈地带着娇小的舞伴，伴随快三的节奏，高速而灵活地穿插在喧嚣浮华的影乐宫舞池，是如假包换的舞林高手。看上去这么威猛的一条汉子，现实中却为人谦逊、和颜悦色，坐在一楼科长室捧着硕大的保温杯喝茶就是他的日常——按现在的话来说，就是一副人畜无害的样子。作为一名国有银行的正科级干部，管理着十多号人，却从来没见他与人发生口角、乱摆官架子。听说他很顾家，我觉得是艺术修炼了他的性情，陶冶了他的情操。

影乐宫之外，别的舞厅也如雨后春笋般涌现于临平各处。比如帝豪歌舞厅、金苹果夜总会分别位于文化馆和剧院的楼上；总工会舞厅位于工人文化宫顶楼；海底歌舞厅位于青少年宫楼上。最牛的还是位于江南贸工集团楼上的南亚歌舞厅，软硬件配备都属一流，绝对是杭州西来直到上海松江地界首屈一指的歌舞厅。

相较于前面提到的歌舞厅，南亚歌舞厅属于鹤立鸡群的存在。它的票价昂贵，是工薪阶层消费不起的，哪怕偶尔咬牙消费一把，也有可能因为客满而买不到门票。幸运的是，我居然机缘巧合光顾过几次。

南亚歌舞厅的舞池并不大，但档次很高，治安也好。当时才艺俱佳的歌手都会聚于此。有一位歌厅正式编制的男歌手，本地人，唱功极好，尤擅唱港台歌曲，张学友、李克勤、谭咏麟等人的名曲张口就来，还有一些民族风的通俗歌曲，如刘欢的《弯弯的月亮》等，也是他的拿手好歌。网络尚未出现的年代，很难想象他是从哪里学会这些前卫歌曲的，让人觉得他唱得甚至比原唱还好，让我们羡慕不已。每到舞曲的间隙，他都会出来献唱几曲，引得掌声一片。几年后，他终于如愿转行做了专职文艺干部——是金子在哪里都发光。

对了，那时候去舞厅就像参与一场高端的大型网游，需要道具装备，这些道具通常包括：

一、红塔山、云烟、555扁盒、KENT长支、万宝路短支，以上香烟任选其一；

二、一个真皮钥匙包，悬挂于裤腰右后侧皮带扣环显眼的位置；

三、关键中的关键——BP机一台，用金属链子扣在右侧腰际。

BP机需要打人工台呼叫，机子上只有数字显示。可以回拨人工台收听呼叫方留言，也可以直接按显示的来电号码回拨。当时，除了商务人士，一般人都比较闲，没有多少急事需要用到BP机。随即问题又来了：如果BP机整晚在舞厅里都没有响起，那个显示来电信息的绿灯没有一闪一闪地亮起，是非常没面子的事。所以，我的一个兄弟经常在进舞厅前致电寻呼台，委托他们定时进行呼叫。有时正在跳舞，他将呼机开启震动模式，任凭它在腰间颤抖，直到引起舞伴足够的注意。舞曲终了，送舞伴回到位子后，他会很有礼貌地说自己有票生意要谈，得去回个电话，如此往复数次。我觉得他更适合做一名演员，后来据说他成了某企业的董事长。

还有一个同学，不知从哪儿搞来一个假 BP 机，外观和真的一样。这个冒牌货不时在腰间嘀嘀作响，他佯装出去回电，赢得不少不更事的舞伴的青睐。一次舞厅散场，他走出门口，顺手拔出 BP 机凑到嘴边一按，那机子突然冒出火苗，点燃了他的万宝路，我们才惊觉它真的只是一个道具。

如今，室内舞厅已经难觅踪迹，民间的露天舞场又"死灰复燃"了。其实这个词并不准确，应该用"星火燎原"更贴切。广场舞、曳步舞等大行其道，当然，在临平固定的几个公园一隅，也有大批交谊舞的中老年拥趸。舞种没有高下之分，但我还是无比怀念当年的交谊舞和歌舞厅，以及那些优雅而自信的严肃舞者。

他们肯定不会记得，多年以前，曾有一个精瘦的小镇青年经常出没于影乐宫等诸多舞厅，用如饥似渴的眼神默默学习优雅正宗的国标快三和探戈，并在回家后对着镜子苦练步法。功夫不负有心人，数月后，他终于熟练掌握了快三的舞步，也能像严肃舞者那样轻快地在舞池里转圈，还能像骑士一样完美演绎探戈的甩头动作。他还用几个月的工资买了最新款的摩托罗拉 BP 机。一天晚上，在影乐宫，他终于邀请到第一个舞伴，一曲结束的时候，漂亮的舞伴对他说："哎呀！你的探戈跳得真好！"

这个小镇青年，就是我。

2021 年 8 月 31 日

演

·

·

　　临平镇最近的一场电影是《天云山传奇》。这是一部反映特殊年代知识分子命运的电影。

　　作为一名小学生，杨卫卫看不懂这类电影的主题思想，但很喜欢流连于电影院门口。影院橱窗里的电影海报和剧情配图梗概是他这辈子看到的最为精彩的图文作品，远胜于现在精美的 PPT 和动漫。能把原本冗长复杂的故事用二三十张剧照和数百文字就介绍清楚的，非它莫属。它的好处在于一是免费，二是简练，简练到留给读者大把的想象空间。就这两个优点来说，就超越了照相馆门口那个老头儿摆的两分钱租一册的连环画书摊。剧照唯一的缺点就是更新太慢，那时只有上影、八一、长影、北影①等几个制片厂，这倒让杨卫卫记住了很多电影剧情。

　　但比起这些，更精彩的是黄德福的演出。

　　国庆节的时候，临平镇的电影院门口照例是最为热闹繁华的所在。甘蔗摊的生意是极好的，周边的农民都会拉着钢丝车来卖甘蔗。

---

① 上影、八一、长影、北影：分别指上海电影制片厂、八一电影制片厂、长春电影制片厂、北京电影制片厂。

甘蔗用叶子捆得严实，十根为一扎，梢头斜削去叶，极其规整。甘蔗是本地产的，青紫两色皆有，名扬沪上。紫皮的粗壮脆甜，水分极多，半根就能吃到肚撑。杨卫卫更喜欢吃那种青皮的，虽不及紫皮的甜，却别有一股鲜味。

卖甘蔗的农民都有一手刨皮的绝活。

顾客选中一枝甘蔗，便用秤钩扎进梢头把起来称给客户看，有时还会和计较的客户争论一下秤高秤低，不过很快就能达成共识。卖家操起蔗刨，用一侧的平刀口刮去甘蔗节上的芽，目的是为接下去的刨皮做好铺垫。再把甘蔗根部垫在自带的木砧上，操蔗刨自上而下垂直舞动，配合身体的仰俯、手腕的转动，几起几落，长长的甘蔗皮便听话地从刨缝里径直钻出来，完整的蔗肉就呈现在眼前。然后一刀斫去根部，将其横过来，一头递给顾客。顾客心领神会地用手拿定，卖家用刀口在上端轻轻横斫一个小口，快速穿到下方相应部位用刀背往上一磕，甘蔗稳准地从小口处断为两截，顾客随即默契地抓住下一截。如法炮制，转眼之间，整枝甘蔗便被分为均匀的几截。最后，顾客心满意足地啃着甘蔗离去。

这样一个复杂的售卖过程，在主客双方的配合下，一气呵成，完成得天衣无缝，不能不说具备极强的观赏性，成功地刺激了围观者的味蕾。

秋天本就是收获的季节，也是最适合表演的季节。比如卖甘蔗，卖家似乎对炫技更投入。但黄德福是看不起这种表演的。他是一名真正的街头艺术家。

当镇文化站还放着《金梭和银梭》《再过二十年我们来相会》这类鼓舞人心的主流歌曲时，黄德福和他的四喇叭录音机却以一种傲视众生的方式出现在电影院门口。

他是一个二十多岁的瘦高个儿，斜戴着一顶电影里才有的灰色宽檐小礼帽，穿一套时髦的、收腰的、来历可疑的黑色西装，里面是一件尖领的碎花白底衬衣。下面的西裤是紧身的，脚蹬一双开口很大的尖头皮鞋，脚背和脚踝处露出大半截白色线袜。因为肩上扛着那台录音机，他的身姿呈现出微微倾斜而恰到好处的夸张仪态。

他嘴里叼着一根烟，上满了铁掌的鞋底走起来和地面碰出清脆的踢踏声。很难想象，20世纪80年代初他是从哪里弄来这身洋气无比的行头的。

他就这样出现在街头，人群里立刻响起口哨声，有人喊出他的名字，还有带着嘲讽的笑声。像他这样卓尔不群的另类人士难免招来嫉妒的眼光，他也不在意，还用左手摘下帽子，微微躬身向观者致意。戴回帽子，他又把拇指和食指圈到一起塞到嘴里，用力吹出一声响亮的呼哨，再度引发骚动和掌声。有人喊着："黄德福，来一个！"

黄德福的出现令卖甘蔗的农民黯然失色。他气度不凡地走到影院台阶下，人群立刻为他让出一小块空地。他放下录音机，用眼角瞟了一眼不远处蔗农的钢丝车，从嘴中蹦出三个字："乡下人。"仿佛有点责怪对方之前抢了他的风头、侵犯了他的地盘似的。全镇人都知道这块空地从来就是他黄德福的舞台。

他得意扬扬地走到录音机前，按下播放键：

走在乡间的小路上／暮归的老牛是我同伴／蓝天配朵夕阳在胸膛／缤纷的云彩是晚霞的衣裳……

音量已开到最大，他没有任何预热就夸张地扭动起身体。他的舞姿是杨卫卫没有见过的，完全不是当时主流的、温文尔雅的交谊舞，也不是文化馆里的民族舞，而是奔放的、充满创意的自创舞。他一会儿用鞋底在水泥地上敲出清脆的节奏；一会儿走出机器人的步伐；一会儿把两手放在脖子下左右晃头，像新疆舞，又有点像印度舞；一会儿又张开双臂踮起脚尖模仿四小天鹅的样子；他甚至会滑步和太空步！他的舌头有些大，发音稍显含混不清，却能模仿张明敏式的港普，神奇地做到没有一个字是卷舌音。

黄德福就这么全情投入地唱着跳着，浑然不顾周边喝的是不是倒彩。10月的下午还有些热，他跳了一会儿突然非常夸张地脱下外套扔向一边，又引来一阵掌声和起哄声。这回他更起劲了，甚至做出一个非常不标准的劈叉动作，裤裆险些开裂。

由此，又形成了一个高潮。

一曲终了，黄德福汗涔涔地脱帽谢幕。没人给他零钱，却有人丢过去几根烟。他像马戏团的猴子一样敏捷地跳起来——接住，耳朵上夹住一根，另取一根衔在嘴里，掏出一个葵花牌汽油打火机点着了吸。这是当时市面上能买到的最有档次的打火机，杨卫卫只见过当供销社副主任的二伯伯用过。

黄德福很享受这几根烟的赏赐，深深吸了一口，发出"嘶"的吸气声，又吸一口含在嘴里，吐出一串潇洒无比的烟圈来。他的每个动作都很夸张。人群中又有人喊："再来一个，黄德福！"接着更多人一起喊："再来一个，黄德福！！"

他换了一曲《何日君再来》：

好花不常开 / 好景不常在……

他放慢节奏，做出一副楚楚动人、顾盼生姿的闺怨姿态，虽然衬衣领圈已经发黑，西装外套的衬里也破旧得经不起推敲，但他全心投入的演出是无人能及的。一场没有报酬的演出，却使他成为街头的焦点。

杨卫卫后来知道国外有个叫"猫王"的流行巨星，打扮和黄德福差不多。

多年以后的一个下午，刚刚就读高中的杨卫卫所在的学校组织观看了一场电影——美国影片《霹雳舞》。他还记得男主角参加比赛的经典桥段，台词是："我是旋风，街头艺术家！"

这个时候，杨卫卫想起了黄德福。

不知在哪里得罪了人，黄德福在某个周末的下午出现在街头时，额角贴着一块纱布，左胳膊肘用绑带吊在脖子上，看上去像一个英勇的伤兵。

杨卫卫觉得黄德福有一种落魄者卧薪尝胆的气场，那感觉有点像周润发饰演的小马哥。他用尚好的右手漫不经心地拎着那只外壳已经破碎并用伤湿止痛膏黏合过的录音机。薄薄的白色立领衬衣口袋里塞了一包售价一元九角的杭州香烟。他下身穿了一条当季流行的"萝卜裤"，并配了一双粗犷无比的电工翻毛皮鞋。他新烫了油亮的卷发，看上去像个吉卜赛人。

他放起了歌曲《万里长城永不倒》，居然还有《桑塔·露琪亚》《哎哟妈妈》这样的外国民歌。他缓缓地在原地转圈，用那只完好的右手打着响指，跳着花步和标准的慢三，依然不时把食指和拇指塞到嘴里，吹出一声响亮的呼哨。他的舞步应该还结合了踢踏舞、伦巴、恰恰、探戈的精华，甚至穿插了霍元甲迷踪拳和陈真连环旋风腿的一些动作。

真正欣赏黄德福表演的还是女孩子。虽然很多人觉得他脑子有毛病，但其艺术天分是无法被掩盖的。他的忠实粉丝里有镇上丝织厂的女工，也有附近的乡村姑娘。她们或豪放或婉约，但都抵抗不了黄德福耳目一新的歌舞秀。黄德福经常在表演结束后，骑着不知从哪里搞来的二六凤凰自行车，后座上时不时会带上不同的姑娘，得意扬扬地穿街走巷。

这是爱情吗？杨卫卫想。记得有部电影叫《初恋时我们不懂爱情》。而那时的杨卫卫还处于混沌未开、不谙世事的阶段，但也会隐隐期待什么时候自己的自行车后座上也能带上心仪的同班女生。想到这里，他甚至有点嫉妒黄德福。

夏天的傍晚经常会有雷阵雨，雨后的北山上会呈现玫瑰色的晚霞，运气好的时候还会见到彩虹。杨卫卫一本正经地思考着哲学问题，行走在雨后充满负离子的山道上。

不远处突然传来一阵笑声，循声望去，他赫然发现是黄德福搂着一个打扮妖艳的女子的腰，手里夹着香烟。

没人知道黄德福的经济来源。他看上去游手好闲，且只懂"舞蹈艺术"。但无论如何，作为一名真正的"民间艺术家"，黄德福是最时髦的、鹤立鸡群般的存在。他像一个矛盾体，存在于杨卫卫的整个青春期。与此同时存于记忆里的，还有学校的灰墙、冬青树、每天上学低着头走在他前面的那个羞涩娇小的女同学、寸草不生的操场煤渣跑道，以及难吃的食堂饭菜。

整个中学时期，杨卫卫一直没有鼓起勇气向那位女孩子表白，自行车后座一直虚位以待。他从不认为自己是优秀之人，连名字也被同学拿来取笑，因为土话的发音和"阳痿"类似。直到后来，他作为镇上的优等生考上了大学。

那个年代的大学生属凤毛麟角。杨卫卫觉得人生就此改写了。随着在高校不断深造，黄德福理所当然地从他的记忆中消失了。那些年，临平镇上兴起了卡拉OK和舞厅。地处沿海发达地区，临平镇的娱乐方式在时代的洪流里实现了完美的转型升级。谭咏麟来了，张国荣、梅艳芳来了，双排扣西装和港式中分发型来了，《猛士的士高》也来了。

城镇和乡村的距离慢慢消失，原来的乡下人全部变成了城里人。

杨卫卫毕业回来被分到了城建局。由于工作需要，他经常会去周边的拆迁社区。他成了一名公务员，并未因学历而飞黄腾达。

他再次遇到了黄德福。

令他没有想到的是，黄德福当上了红联社区副主任，递上来的是3字头的中华烟。事实上，黄德福根本不知道自己还曾有个杨卫卫这样的"粉丝"。他一本正经地坐在社区服务中心的办公桌前，穿着正宗机车风的海宁皮衣，梳着背头，两鬓已有些霜白，身材居然一点没发福，还是高高瘦瘦很笔挺的样子。看得出他和几位女社工关系不错，谈笑风生的，不时熟练地刷几下微信。

黄德福负责社区里的群文工作。听女社工介绍，逢年过节他会兴起上台表演一番，但已不是当年那个矫健、张扬的舞者了。身份不允许他张扬了。他最擅长的是《爱拼才会赢》《两只蝴蝶》之类的流行歌曲，台风依然夸张，永远是他那一代人的潮流先锋。据说他现在最大的爱好还是去 KTV。那里有来自五湖四海的妹子，而他的歌喉也会在那里赢得阵阵掌声和赞叹声，毕竟功力尚在，小费也不少给。他没有不良嗜好，很大一部分支出居然是网上打赏"网红"直升机、别墅和游艇。

他永远是个弄潮儿。

偶尔，他会去新挖的东湖边看广场舞，只看两遍曳步舞就敢下场，跳得比教练还要好，弄得中年女舞伴都转投他的门下。好在不久后，据说附近楼上的居民投诉噪声无门，直接从楼上扔了粪包，吓得黄德福再也不敢去了，曳步舞教练因此松了一口气。

黄德福也是员福将，这辈子几乎没有为经济问题操过心。他所在的红联社区已被拆迁两次，他不仅获得了赔款，还成了收租公，开上了很有排面的路虎揽胜，后窗贴上了"川进青出"的自驾线路图，鲜衣怒马，红尘做伴活得潇潇洒洒。

"形势一片大好。"黄德福说，"我叫黄德福，是祖上阿太积的福气——黄昏得福啊！"他依然用以前那熟悉的姿势抽着烟。这让杨卫卫依稀找到了当年那个黄德福的感觉。可不知为什么，从黄德福的眼神里，杨卫卫读到了大片大片的沉沉暮色。这暮色像味道一样萦绕在黄德福身上的每个角落，挥之不去，以至于杨卫卫觉得整个社区也充斥着这样一片暮色。

红联社区新建的环湖绿道已经完全和城区融为一体。临平升级为区政府中心并成为省城的第一副城了，作为高新产业聚集区中心的红联社区已然成为这个城市的 CBD，一到晚上，各种景观灯带亮起，如同幻境。以前被湮灭的水系河道重新开挖或者得到整治，水也变得清澈了。

北山差不多被夷平了，这样就能腾挪出更多地皮来造房子，让百姓安居乐业。

杨卫卫在水果连锁店居然看到了青皮甘蔗。

他连忙刨了一枝吃，却吃不出那股鲜甜了。

"是临平甘蔗吗？"他问道。

"哪里来的临平甘蔗！"老板笑道，"现在临平哪里还有地？这个是广东甘蔗！"

黄德福确实是一个生活在黄昏里的人，可他的黄昏多少有些悲怆的意思。不知道为什么，咬着硬硬的、甜得发腻的甘蔗的杨卫卫突然这么想着。在人生剧本里，每个人都是最优秀的演员，演着演着也就变了。

黄德福是，杨卫卫也是。

可这就是变迁，这就是岁月啊！

2021 年 2 月 16 日

临平十九韵 · 演

乡

●

●

初中毕业的那个暑假，母亲给赋闲在家百无聊赖准备去读高中的我创造了一个勤工俭学的机会：乡广播站的专职文化干部林老师接到镇里的通知，需要收集散佚在星桥各村的民间传说和故事，凭借一定的文字功底，我成了一名临时撰稿人，得以跟着林老师走访各村。

那时，我认为这是一项伟大的文化系统工程。

我兴致勃勃地骑上自行车，穿过茂密的络麻地，背着装了笔记簿的书包走向农村的广阔天地。笔记簿都是公家发的，黄色牛皮纸封面，烫着"工作笔记"的红色字样，下面是乡政府的标识。

由于事先做了充分的准备，再加上林老师在本地的人脉，我们的工作进展得非常顺利。一般来说，我俩上午八点多出发，骑行十几二十分钟到达各村委会所在地，村干部提前把各村擅长表达的老年人聚到一起，通常都是在村会议室、礼堂或者小学校舍。我们坐在台前，他们坐在台下。泡上茶，林老师就开始分烟。烟，是村里基本的社交工具，见面不问出处，一支烟递来递去之间，距离一下子就拉近了。

那时我还不会抽烟，但出于工作需要，便也虚张声势、故作成熟地点起烟，以此掩盖身份的尴尬。

这个夏天有近一个月的时间，我们游走在星桥乡下辖的各村。我和林老师每天早出晚归，像一对亲密的战友。林老师烟量惊人，也喜欢喝点儿酒，但酒量不大，他通常只在中午村里的食堂或者附近的小饭店里喝上一两瓶中华麦饭石啤酒，脸便像红头苍蝇一般。

星桥一带出龙井，是浙江龙井的主要产区。尤其汤家村一带，就在现在的天都城周边。那时山上都种了茶。茶叶的炒制方法有两种：一是农户家里手炒的旗枪，还有就是村里茶厂机器炒制的炒青。后者价格次之。我们在各村喝到的大多是炒青。这种茶通过机器炒制后呈条索状卷曲，因多为谷雨后炒制，所以茶汤特别酽，一般一个上午喝下来整个胃部像被刀片刮过一样，饥饿感特别强烈。再加上一支接一支的烟，虽然没像林老师那样深深吸进肺里，我的舌尖却抽得一片麻木，需要时不时从烟雾弥漫的采访现场走到室外，在田塍边一泡接一泡地撒尿，借此呼吸一下新鲜空气。

村委会外的田野里，络麻长得很高了，山丘盘踞在远处，纯蓝的天空飘过如绵的白色云朵，不是棉花的"棉"，是丝绵的"绵"。

那些老人家，都可称为民间艺术家，或者非物质文化遗产继承人。他们中有很多是有真才实学的，虽然有相当一部分是文盲，但丝毫不影响他们的叙述。他们的故事包罗万象，有本地传说，也有志怪小说里的桥段，还有发生在本地的一些奇闻趣事。

我发现徐文长的故事在当地乡村广为人知，大部分情节都是徐文长怎么捉弄地主老爷达官贵人的，各种办法都很促狭，有点儿像阿凡提大叔。徐文长就是徐渭徐青藤，才华横溢，晚年却心智失常，贫困潦倒；与他一样有名的还有同为江南才子的唐伯虎，比他要早出生五十多年。徐文长四岁的时候唐伯虎卒，两人都属于才高八斗却怀才不遇的主儿。不过，唐伯虎的主打标签是"潇洒"，比如"别人笑我太疯癫，我笑他人看不穿"，多以自黑自嘲为主。收集乡间文学故事时，我发现唐伯虎很少被提及，倒是徐文长、济公这类人物常被老人们津津乐道，主题都一样——穷人扬眉吐气，富人狼狈不堪。

其中，有一位我印象特别深的讲述人，他考过乡学或者童子试，讲述的内容来自清代志怪小说，并巧妙地把人物场景换成本乡本村，还加入了自己的想象和演绎。有几个故事，我后来在《夜雨秋灯录》里找到了出处和原型。他是一个博学之人，语速很快，有时见你的记录跟不上了，会适时停下来等你，神情很谦恭。他也是见过世面的人，年轻时还跑过上海滩的码头，见过"水果阿笙"[①]。据说他亲眼见过黑白无常在凌晨从村公所门口的池塘边掠过，跑向一户村民的家里索命，不久那户人家便传出哭声。他讲得绘声绘色，听上去和真事儿一样，虽然是夏天，却听得我手臂上的汗毛都竖起来了。

夏天快要结束的时候，我终于整理出十多篇自认为比较好的口述民间文学交给林老师。为了确保原汁原味，我还专门研究了一下本土方言。这些整理好的故事基本符合文化部门的要求，数月后我还收到了几十元的稿费。

那些老人，应该都不在人世了吧。

2

临平是个奇怪的地方，临平人说的"埠"字，一字多用，也代指

---

① 指杜月笙。

方向。比如镇南面称为南埠，北面称为北埠，临平各处的语言发音皆不相同。现在会讲标准临平话的人已经不多了。而乔司、翁梅、九堡和亭趾、五杭、博陆的方言完全不是一个派系；小林、塘栖、乾元和双林、横塘、红丰也不尽相同；中间还掺杂了绍兴、温台各地的方言，可见临平地域的迁居历史悠久，风俗习惯也是"百花齐放"。

20世纪80年代末，我高中毕业了，却没有考上大学。为了不游手好闲或被不良社会风气蛊惑，我在某局谋了一份很理想的临时工工作。当时局里因为办公场所的限制，临时租用了临平剧院招待所楼上的一个办公场所。那是一间大办公室，一部分人绘图，一部分人外勤。对于读书时一个立方体都画不准的我来说，除了外勤没有更适合的岗位了。

这份工作我做了大概九个月，直到次年春天应征入伍。不得不承认，这是我这辈子最开心的时期。我记得当时的月工资是固定的143.70元，这个薪资水平在当时相当高了。领了第一个月的工资后，我请同学在临平最繁华的木桥浜路下了馆子，四菜一汤也不过十几元钱。

经过简单培训参加试点工作以后，我就被划了分管片区，主要工作是督导镇乡工作小组完成工作进度并担任技术指导。我分管的片区是被俗称为"东北三省"的亭趾、博陆、五杭三个镇乡，以及临平西侧靠近临平山南麓的几个村，也就是临平人说的"北埠"和"西埠"。东北的三个镇乡后来合并成运河街道。

说是督导，其实就是不定时地、象征性地跟进一下地图的绘制进度，只要户与户之间没有争议，进度不落后就行。除了午餐补贴，交通费用也可以报销。工作时间比较弹性，不需要打卡，符合我当时浮浪的心态。

临平十九韵 · 乡

到最北侧运河边的五杭镇十三公里，是临平最边缘的地方了。交通干道是一条石子和渣土铺就的公路，叫临博公路。坐车到五杭差不多需要五十多分钟。亭趾最近，借助自行车基本可以抵达，博陆以远我就基本借助中巴出行了。

汽车北站那时已经建成，站外有很多拉客的民营中巴车，到博陆两元，到五杭好像是四元。中巴车是非常有趣的交通工具，那时都是私人承包，一个司机加一个售票员，售票员斜挎着一只布包，里面装有票夹和大量零钱，一路拉过去，招手即停，车载人数不限，基本没有超载一说。中巴车上每天都能发生不少故事，比如有人喝饮料中了健力宝的拉环可以领一只纯金的易拉罐，还有用个纸套猜红蓝铅笔颜色赌钱的。那时我已领教过断桥边那个张明的手段了，所以这些把戏是不会让我上当的。那帮人几乎是固定的，中奖的人也基本固定，得手的次数不多，但得一次手够他们花用好一阵子的。还有就是几个固定停靠站点的扒手，他们三三两两聚集在车站边，等中巴车停稳就故意挤上去制造混乱的场面，趁乘客急于上车的时机下手。

但这些场景于我也是见惯不怪了。除去这些，我依然喜欢坐着中巴车行驶在乡村的公路上，因此也对当时的工作充满了热爱。临博公路两边种的是很不符合江南情调的白杨树，这些树太高大了，也不好看，还会飘散令人过敏的杨絮，不知道为什么选择它们作为行道树。

中巴车在一片嘈杂中驶过树和树之间的空隙。我喜欢坐在车窗边，打开随身听，听着齐秦、王杰、陈慧娴的流行歌曲，看着窗外的风景。

那时的乡村是真的有风景。

"东北三省"一带更靠近湖州地界，自古就是主要的稻、丝绸产区，土地多为黏土质，经多年耕耘后已成为极其肥沃的良田。但据懂行的朋友说，这块田地每年翻耕需要花费的工夫比南埠、翁梅、乔司、九堡要多得多。因为南埠的土地多为钱江砂土冲击形成，虽然营养成分逊色一些，但胜在松软不结块，翻耕时只需一铁耙下去翻起，再掉转耙头一敲，那土便松开了；所以北埠人在这点上嫉妒南埠人有福气，是不无道理的。

不过那时我还不知道这些，只觉得坐车行驶在非铺装的临博公路上，除了没有山，一路上都是良田、美池、桑竹，还有甘蔗地。宽广的河道或者漾里长满了绿油油的解放草，还有菱角，架了各种各样的桥，古石桥、水泥桥……有浜岸边的小木船、菱桶、江北佬的枸鱼船，以及那个时代特有的水泥船——这种船真是国人的一大发明，唯一的缺点是一旦撞了就很难修复，所以河港里时不时能看到破败沉陷的半截船体，犹如古代泉州湾的沉船……

乡镇工作组的成员，也就是具体承担丈量土地的工作人员，多半也是抽调当地初、高中毕业生培训后上岗。他们量到哪里，就把哪里作为临时办公场所，在农户堂前的八仙桌上摊开纸张绘制图纸；所以每到一地，我就由当地的镇村干部陪同走村入户去督导工作。

那时，农户的住房多半为南北朝向排列，结构为木头加泥墙，门前的稻地是浇了水泥的，用来晾晒稻谷等作物，门口通常堆着很高的晒干的油菜秆，这东西拿来生火是极好的。屋正面多采用木制的墙板，因使用年月较久，多呈黑色。正门是两扇对开的高门，门后可以用来上闩，但通常都开着。正门外侧大多又安了两扇低矮的格栅木门，用一个简易的金属挂钩锁定。这扇门的好处是出入方便，不影响采光，还能防止散养在外面的鸡鸭溜进屋内拉屎。

堂前正厅浇了水泥地的不多，基本都以夯实的土为地坪，还留有夯制时的凹凸起伏。一排排房屋是户户相连的，形制基本统一。稻地外侧往往种有鸡冠花，还有一种叫蕉芋的植物，有点儿像现在的观赏美人蕉。这个植物的根茎是可以用来磨淀粉做豆腐的。厕所一般设在屋后，一米多宽的小土房，外面挂块布帘子，里面搭个木架子，如厕时坐在木架上，下面的化粪池是一个很大的平口瓦缸，红头苍蝇嗡嗡地飞来飞去。

除了卫生条件差点儿，"东北三省"的乡村风景普遍不错，主要是因为有水。走出屋子几步就有自净能力极强的池塘或者河流，充作村民日常洗濯之用。除了吃的水，洗菜、洗碗、洗衣服、洗农具，都可以在河埠头完成。

屋里用竹篱片抹了泥土充作隔墙。在纵深处搭建一个很大的柴灶，搁两眼大铁锅，中间还有一两口小深锅充作煮水之用，就像现在的自助小火锅。烧火的工作场所称为灶窠。

当时，改革的春风已吹进千家万户，所以"东北三省"一带几乎家家户户都搞起了副业，屋后的羊棚或者辅房被改成厂房，少则三两台，多则十数台织机在那里"咔嗒咔嗒"闹响着，织就的绸缎被面远销祖国各地。

"东北三省"的街面也就是政府所在地，都有东西走向的老街，周边集中了电影院、供销社、粮站、书店等国营连锁派出机构，还有自发形成的集市，早上的集市人声鼎沸，各种农作物被采收到街边，用土话说就是魂灵都还没有透出般的新鲜。菜都是有机无公害的，没有大棚蔬菜，你想吃也吃不到；还有自家的手捏菜、踏菜、长豇豆、丝瓜葫芦，纯野生的黄鳝、甲鱼、湖蟹、三角鳊、小鲫鱼等。那时候，小龙虾还没成为"外来入侵物种"。

中巴车开过五杭是最好看的，因为整个镇子像被河道分割成数块，过一座桥又一座桥，镇北边是长长的运河，河边也种了高高的白杨树，那段河边的风景是最赞的！车在公路上行驶，航船在河里行驶。航船装满了石子、黄沙等货物，船舷被压得很低很低，看过去像要随时沉到水里，但船尾的红旗在河风里猎猎飘扬！

～ **3** ～

乡间如此多桥，我最熟悉的还是星桥。

我无数次强调过那是我少年嬉游于斯、生长于斯的地方。

我母亲在乡政府工作了十余年，乡里几乎每个人都认识她。初、高中时期，我周末回家大多住在乡政府宿舍，也因此结识了不少玩伴。政府大院在塘河北岸的老街西端，再往西去依次是信用社和卫生院。那时我还在卫生院宿舍住过很长一段时间。卫生院前楼是门诊部，后楼是中药房和拍片室，三楼以上是宿舍。

卫生院再往西，是塘河的一条支流。支流的水很浅，只到腰部。我当时还不会游泳，夏天常和伙伴去支流里沐浴，摸河蚌和螺蛳，赤裸着脚底板趟过去就能感知河底软泥上的这些硬壳生物。摸了螺蛳，只挑大的留下，回家剪去螺蛳屁股，滴两滴香油养着，等它们吐尽肚肠里的脏东西，盛在白壳碗里，让母亲切两片姜，浇一勺香油，放几粒粗盐在饭锅里蒸了，那汤汁的味道真能鲜掉眉毛！

卫生院的药房里有各种各样的药材，我因此认识了不少名字奇怪的中药，喉咙痛了，自己查药书，再找药师抓了灯芯草、木蝴蝶、胖大海泡水喝。木蝴蝶真的太形象了，看上去就像一只只蝴蝶，可以夹在书页里当书签。大自然的造化竟如此神奇。

夏天，去药房讨两颗乌梅，用水煮了，加冰糖冷却后放入冰箱，晚上拿出来就是最好的酸梅汤。

卫生院是治病救人的地方，所以也有很多令我"不愉快"的时刻。四里八乡时不时有喝了农药被家人哭天抢地用钢丝车拉来抢救的。那时农人自杀，农药是最便捷易得的，比如乐果药水。虽然服用方便，其实喝农药是很痛苦的。送来早的洗洗胃，再转去镇卫生院兴许有救，送来迟的基本让医生宣判一下就拉回去准备后事了。

乡政府再往东紧挨着电影院，走过电影院，再经过两间民房就是供销社。乡供销社的规模就是大，几乎占据了老街北向朝南的大部分黄金旺铺地段。它集聚了诸多商业功能，相当于今天的超市。供销社售卖日用品、农用工具，居然还有书籍专柜。我猜想这些书来自镇上的新华书店，因为相当一部分是很有品位的。我在供销社里买过一本名为《天京之变》的历史小说，作者叫李晴。此人不太有名，但书写得很好。小说讲述的是太平天国定都南京后的宫廷剧变，直到石达开出走的一段历史，人物、事件刻画、描述得比较接近史实，文字功底也不浅。我记得里面有天灯和五马分尸的情节，还有"东王"杨秀清被诛杀的场景。

供销社里还卖自行车，绍兴产的飞花牌自行车，价格是120元。我表哥就买了一辆，用油纬丝擦得锃亮。虽然这个牌子的质量不如凤凰、永久，但二六全盖链罩、镀铬的书包架子很时髦，骑着它去谈恋爱还挺拉风的。

供销社里除了售卖油、酱、盐、糖，比较吸引我的还有百子炮（鞭炮），而且百子炮居然可以拆开来按个卖，一分钱两到三个。冬天，我们每人买一角钱左右的鞭炮，点根络麻梗当火种，一路走一路点了扔出去玩，在老街上四处炸响，像是零星的巷战。

供销社对面的桥堍边开着一个门面较长的商店，店主姓胡，是个身材瘦长的中年人，据说原是老师。他的小店也卖各类副食品等生活资料，可以说是供销社的补充，商品的花样有时比供销社的还要丰富。小店的生意不错，他家就在挨着电影院东侧的民房里。他儿子后来和我成了同事。

商店往东是一间自行车修理铺，老板的修车技术非常好，我找他整过车子。他的外孙后来和我成了同行兼兄弟。但那时我没把他和他外公对上号。

挨着自行车修理铺有一家理发店，我常去那里理发。理发师好像叫阿奎，水热刀快，把客人的胡子刮得很干净，而且会理西式发型，比现在的"托尼老师"强多了！他经常用很烫的电吹风把我的头发吹成一丝不苟的乡干部形象。

再来说说主角——星桥。星桥是一座由水泥板搭建的桥，两侧也装了铁栏杆。

这座桥显然不是古桥，可能原来有座古桥后来塌了，但这并不影响它在乡里的地位。

附近的人都叫星桥老街一带为桥头，这也是乡集的核心地带。

到哪里去？

桥头。

河南？

河北。

每天清晨，以星桥为核心的早集开市，周边村民把自家种的菜、河里捎的鱼、山上猎获的野味都拿来卖。在地上铺个蛇皮袋（化肥袋），码上菜，搁杆秤，就开始交易了。

有一种老咸菜，我们叫髦里菜，是用九头芥腌制的，拿来做荤菜和蒸菜的配菜或者煮汤烧面的汤底是极鲜的，这种菜只有乡里售卖的最正宗。我几十年没有吃到过这么好吃的咸菜了。

太阳升起，早市陆续收摊。

每天，村里老人趁着天还没亮，就去河南的茶店里喝早茶。这早茶真的是早啊，像是得了老天的集结号，凌晨三四点老人们就走在去往茶店的乡间小路上，春秋寒暑风雨无阻。这几乎是千百年来形成的乡俗。

喝早茶是老爷爷的专属，老太太则遵循另一种乡俗——念佛。也是天未亮，她们就三五成群挎着篮子、背着香袋，去往杨府庙、隆昌寺或者某村民的家里，叮咚叮咚、呜啦呜啦，念心经、念金刚经、念往生咒、念地藏经、念阿弥陀佛……她们多半不识字，却能把经念得很好。

喝茶念佛，老有所乐。

4

我觉得老天对我是厚爱的，为了让我深入了解临平周边的乡村，冥冥中创造了很多机会，比如中学时代和"翻译官"去火车浜推销茶叶，又比如协助乡文化部门搜集非物质文化遗产，踏入社会后还安排了一份临时工作给我，让我有机会游走于临平周边片区的田野和农舍。

我倒还记得那个跑过上海滩的民间艺术家说过的徐文长。事实上，徐文长才华横溢，但一生贫困潦倒、命运多舛。即便这样，齐白石仍愿为他铺纸磨墨，郑板桥也心甘情愿为其"门下走狗"。

有时候静下心来，我常会反复咀嚼青藤先生的那首《墨葡萄图》：

半生落魄已成翁，
独立书斋啸晚风。

笔底明珠无处卖，

闲抛闲掷野藤中。

真的只是落魄吗？我觉得不是。

一首看似自嘲的诗，传递的却是文人的傲骨和超然物外的精神状态。

那么，乡，和徐文长有关系吗？

有，也可能没有。

在我的思想里，乡，不仅是笔下絮絮叨叨没完没了的乡村，更是故乡，是家乡。

临平和星桥，是我的家乡，我的故乡。在我的记忆里，保留着它们旧时的模样。而哪座城市、哪条镇街，最初不是乡呢？

2021 年 10 月 9 日

病

· · ·

    20 世纪 70 年代初，我出生在临平镇联合诊所。这家著名的诊所位于史家埭临平老宅的东边，约在今天东湖路商贸大楼的位置。母亲怀我的时候营养跟不上，导致我早产。当时是早上 6 点多，厂区正好放着广播体操的音乐。父亲因为底子弱和劳累的原因肝也不太好，所以对孩子没有别的期望，就希望身体好点儿少吃苦，所以给我取了一个单名"健"字。

    长大了，读了古书，我开始知道前人尤喜在名字里寄托期望。像我这种情况，略雅一点的就是字"无病"，号"去疾""去病""弃疾""无恙"等；市井一点儿的就起个小名叫"狗剩""二蛋"的。无论雅俗，都是希望孩子无病无灾活得健康长久。

    但这个名字并没有给我带来太多的现实意义。尽管父母在我童年时期竭尽所能，给予了我同龄人无法企及的营养，比如托人去上海买鱼肝油，到杭州市里和临平镇上凭票购买或者议价搞来光明奶粉、上海麦乳精、登峰牌双宝素，等等。先天不足的我依然体弱多病，成了厂卫生所的常客。

    我晕血加晕针，手划破出点血或者打个退烧针都很容易晕过去；头上、身上一度长了疮，结痂的时候特别痒；小时候面黄肌瘦、食欲不振，父亲还带我去翁梅卫生院挑过疳积；感冒发烧的日子比健康的日子多得多，一感冒扁桃体就化脓，吞咽困难，青霉素粉剂打到屁股里起了硬块，扎不进去；还把牙硬吃成一口国标级灰色四环素牙——没办法，这是我们那代人的通病。后来做皮试，青霉素还呈假阳性，就经常打一种叫庆大霉素的抗生素。还有莫名其妙会时时发作的皮肤过敏，一不小心就浑身起风疹团。母亲找了个偏方，挖来白色夜饭花（野茉莉）的根茎煮黄酒让我服用，终于有所好转。得了那么多病，除了心理上有点悲观外，我并没有觉得落下太大后遗症。

我始终觉得自己带点忧郁气质，主要还是和童年经历有关，特别是厂卫生所里的那张椅子，曾给我造成了巨大的心理阴影。它是用水泥和磨石子浇铸而成的，通体呈现出曼妙的曲线，像摊开的半张蛋卷一样，又像一件旧上海的旗袍。它是那种接近果绿色的色调，本来质感是粗粝的，但因使用时间久了，被无数的屁股摩擦得光滑无比，像一件艺术品。

它真的很凉，钻心的那种，毫无温情可言。每次我都是让父亲背到卫生所，趴在那张冰凉的"艺术品"上，被迫褪下裤子，盯着那个面色苍白的男医生对着灯光排出针管里的空气。在等待针头扎进肌肉之前的每一刻，都像在感受世界末日的来临。这种阴霾刻在我内心很多年，哪怕现在厂子早就关闭，生活区成了燕子湖公园，我依然能清晰辨认出小山脚下卫生所的位置。

病能让人变得细腻、自卑和敏感。那时候，校内体育运动基本和我是无缘的，我总是有点儿失落地徘徊在运动会的赛场边缘，从广播里听着一项项比赛名次的播报，再比照自己瘦得像丝瓜一样的身影，从而产生了严重的自卑心理。及至高中毕业应征入伍时，我的各项体检指标居然均属优良，视力也特别好，属于二等甲级的身体素质，但体重差点过不了关，足见当年的羸弱。

人食五谷，岂能无病？我总在想：身体的病是有限的，急性病要么挂了，要么好了；慢性病长期拖着，和药物妥协着，可能伴随一生；但只要一个意外，再好的身体说没就没了。病和意外，都是生命的副产品和伴生品，不足为奇，也不必为虑，谁都不知道明天和意外哪个先来。像一台车开了几十年，有的工况好，有的提前报废，你说是命，也不全是。杞人忧天是解决不了任何问题的。我始终认为生理上的病并不可怕，什么疑难杂症、能治不能治、能活多久，自己想开了，思想上轻视它，战术上重视它，就好了。

可怕的还是心病。

这些年，身边有些人忽然不见了。不是离世，而是真的不见了，隐去了，消失了。包括生命里曾经走得很近的朋友，有时候突然就联系不到了，也不在现实中出现和遇见，甚至朋友圈里也没有了，但你知道他健在。这大约是最接近避世的一种状态，环顾身边，这样的人不在少数。

当下，大部分人在物质上不缺啥，但不知为何就把自己"埋"起来了，不愿和社会接触、与人交际。我想很可能是因为他们内心的创伤日积月累，最后发展成类似于应激综合征的情况，以致不得不通过这样的方式来逃避。

人们缺乏足够的安全感并对未知的未来充满恐惧。其实，我发现自己有时也会逃避社交，时不时萌生出"躲进小楼成一统，管它春夏与秋冬"的想法。但也只限想法，大抵不会去实施。

我时常思索：为什么现代人越来越喜欢田园风、新中式、民宿、禅修，为什么会迷恋户外徒步、星空、溪流和露营？这不仅是对过去岁月的怀恋，更多的还是对内心宁静的一种渴望、一种自我疗愈。数字化经济是前行的必然趋势，但随着经济的飞速发展，留给人们内心的"阵地"却越来越少。对于我们这代人来说，稻田、棉布、老电影或者单车都可能带来治愈的效果。

心病，也一定有解药。

2005 年，一个偶然的机会，我开始接触户外徒步，跋山涉水了差不多十年。那之前我也得过一些心病，也觉得世界一度是灰暗的，除了家人，没人知道我经历了什么以及在想些什么，最多觉得是无病呻吟。但我告诉自己，是该走出来勇敢面对了。如今，回想起前面说过的那些消失的朋友，反而会理解他们，而不是埋怨或者嘲笑了——大部分时候，你要懂得拯救和治愈自己，这事没法儿代劳；家人、朋友和心理医生只是辅助，能做的最多就是支持和陪伴。

我一直坚信运动和亲近自然是治愈各种疾病的良方，无论是生理病还是心病，总有一些事物适合治愈你，也总有一个自然的场景能唤回你的初心。

人的一生，难免遭遇感冒之类的病，身体会感冒，心灵也会，这很正常，和你所处的环境、经历有关，如果有自救的意愿，大多是没有问题的。其实说到底，运动不一定让你无病，却能让你的生活质量更高，心态更好。

这些年来，除了户外徒步，我也先后尝试了骑行、游泳等运动，直到现在最热爱的马拉松。这让我的身体日益变得强壮，心情也随之阳光和愉悦。我最喜欢在秋凉的清晨，独自跑过乡村和田野，这个过程是完美的——跑步分泌多巴胺和内啡肽，田野带来赏心悦目的视觉体验和安定的心境，两者完美地结合。如果耳机里再飘出一段民谣旋律，我觉得自己可以一直跑下去，跑到地平线之外。

奔跑着，呼吸着雨后濡湿的负离子空气，眺望远处的山峦或者经过近处的河流，可以看到白鹭掠过新农村最美荷塘边刚刚灌浆的玉米，鱼儿扑棱着跃出水面，听到儿时的老歌在心中回旋，想起菁菁校园里敲打铁轨的放学钟声，以及初秋萌生的第一缕朦胧而颤抖的情愫……

那一刻，便是无病。

2021 年 10 月 27 日

臭

·
·

我是一个标准的"逐臭之夫"。

江南有道名菜叫"蒸双臭"，这是近些年饭店改良的一个菜品，其实就是霉苋菜梗和臭豆腐一齐上锅蒸熟。

我猜测这两样食材发源于萧绍平原，后逐渐在江南一带普及。它们的产生与气候、产地甚至偶尔的一次食物储存失败有关。北方的气候和食材一般不太具备促成它们的条件。

它们原本是两道不同的草根美味。从臭的角度讲，二者分属两个派系，制作原理上则有所重叠。我小时候从没吃过两样蒸在一起的，特别是现在的"双臭"多半还放了剁椒之类，似乎也不是那么纯粹了。这两种臭是会相互夺味的，个人觉得此乃一处败笔。还有剁椒的辣，也是违和的，虽然江南也吃辣，但限于淡薄的辣，比如桐乡辣酱或者平望辣油之类，辣得很是谦虚谨慎。

但无论哪种臭，都是不遑多让，它们一直占据着百姓餐桌的重要一席。

如果没记错的话，本地臭豆腐用的是略老的盐卤豆腐，将苋菜梗卤水浸泡发酵后制成的。它们服帖地趴在木板上，端到菜场售卖的时候，表面呈现出青白的卤水色泽，并带有一股子氨水的刺鼻气味。我后来在湖南吃到的火宫殿臭豆腐，是黑色的，加入青矾、豆豉等其他秘制调料制成，多为油炸，味道不错，但和我们本地的也不是一路风味。

本地臭豆腐主要有两种烹制法：一是蒸，一是炸。家常一般只用蒸，比较下饭。蒸臭豆腐只放盐和少许菜籽油，烧饭的同时在饭镬里摆个竹制蒸架，饭菜双熟，十分省事。这个菜吃起来比较省事，只少许便吃得一大碗饭，食之有异香与奇鲜。

油炸臭豆腐一般列入小吃范畴，得去街上买。20世纪80年代中后期，电影院北侧木桥浜路和北大街的交叉口有一间铁皮屋子，专卖油炸臭豆腐，店主老妇常年围着白色的围裙，戴着专用的白色软帽。她的臭豆腐极受欢迎，拿现在的话来说，当得起一方"网红"。铺子只在下午开张，卖上两三个小时，售罄为止。每到放学，铺子前就排起长队，顾客们吞咽着口水，等着一板板的臭豆腐炸制出锅，在网格上滤完油，用竹签子串了，夹进一个个纸袋内。酱有两种，甜面酱和辣酱，用竹片按需涂用。得了臭豆腐，要边走边小心地吃。为啥要小心？一是烫嘴，二是担心一不留神掉下去。手上的纸袋很快渗出油来，在路人眼中，这就是赤裸裸的美食诱惑。

苋菜秆是一种很奇特的植物。记得外婆家门前的自留地里，每年都要特意留上一小块儿地种植苋菜秆，平时不需管理，最多浇点儿水。它们蓬勃地拔地而起，及至仲夏忽然就高过人头，长成一棵棵小树状。齐根砍回来，只取主茎，用菜刀砍成三两寸长的小段，洗净泡在木盆里，基本沥干后放到陶制的钵头里发酵，除了盐好像什么都不用放。封好口，置于阴凉处，过几天就能取出来食用。

这种苋菜秆，标准的烹制方法是置于青花粗瓷的碗里，放上一撮九头芥菜制成的老咸菜，浇一勺菜油，撒几粒粗盐，也和臭豆腐一样的操作，放在饭镬里蒸熟，一小截就能下去半碗饭。吸吮着坚硬的外皮下果冻状的内容物，有奇异而让人欲罢不能的臭味。

正宗的苋菜秆蒸熟以后，表皮呈灰白带有少许绒毛状的绿色，并不像现在菜场里买来的那种，蒸熟以后通体绿得非常可疑，食之少了那种沁人心脾的咸鲜臭，顿感索然无味。

霉千张，是一种异类的臭。桌上只要有这个菜，必定如入鲍鱼之肆，十丈以内绝无他味。不喜它的人，皆掩鼻而过。霉千张以上虞崧厦所产为最佳，据说清代为贡品。这个菜的做法还是以蒸为主，或配火腿丝、肉饼，铺点儿辣椒、撒盐，浇够菜籽油！蒸熟端上桌，那股霸道的臭味扑鼻而来，让人没有丝毫反抗、拒绝的余地。盛一大碗白饭，用筷子头将其细细捣匀，挑一小块儿入口，扒一大口白饭，奇臭之美味，不足为外人道也！

豆制品大概是这世间最适合拿来霉制的食物，提炼后浓缩的植物蛋白发酵变性，合成氨基酸并产生强烈的鲜味。安徽的毛豆腐，还有平时不太吃得到的霉毛豆等，也是一样的道理。又如宁波的臭冬瓜，也堪称臭中极品，黏糊状的半固体搭在舌尖上，咸臭味可以充盈整个口腔和食道，爱者嗜其如命，于我却是鸡肋。

荤食里的臭食也有很多，比如霉鰗鲞，就是其中的代表美味。这种鲞，须得要霉得透透的，土话形容为"烂吐"的那种，和肉饼同蒸，吃起来极其过瘾。

荤食里的臭食之最，当推臭鳜鱼。这是原产于安徽的一道美食。我小时候没听说过这味美食，哪怕镇上最著名的"聚乐园"以徽菜为招牌，也没有引进这道著名的菜式，想来临平人并不喜欢吃放臭的鳜鱼。本地的老一辈把鳜鱼叫作鳟花鱼，这是颇具古风的名称，也表明此鱼是名贵稀有的水产，所以，谁舍得把它放臭了再吃呢？

十数年前，我与妻自驾去歙县徽州古城，到了饭点四处觅食，走进一家店面迎面闻到一股臭味，一度以为是店内的厕所坏了。掩鼻正欲掉头出门，忽瞥见门口招牌上赫然写着：徽州名菜——臭鳜鱼。心里一动，莫非是这道菜的味道？再左右打量，发现每桌都有鱼，食客无不大快朵颐。入乡随俗，我们也坐下点了一条，浅尝一口，那肉奇鲜无比，瞬间敲开食欲之门，再细品，每块蒜瓣肉带来的是极致的惊艳口感。而且这味道极易上瘾。那时，我们本地尚吃不到这道美味。记得有一年春节假期，早上起来突然得了臭鳜鱼相思病，没有任何来由，就是想念这个臭。于是我和妻立马驱车出发，直抵歙县，并在城外一家无名小饭店吃了一顿臭鳜鱼。食毕，心满意足地返回。一天往返奔袭四百余公里，只为逐这一口奇臭。

如今，我们本地饭店也能吃到臭鳜鱼，但基本都是改良过的，最多算是微臭的腌鳜鱼，多少差点儿意思。我吃过的比较美味的歙县本地臭鳜鱼有两种：一种是苍蝇馆子或夜宵大排档里的小鳜鱼，三角状野生的，每条不过二三两，臭得极透，四五条用锅仔慢慢加热了吃，越吃味道越浓；还有一种是当地酒店做的大鳜鱼，切大块，与咸肉土猪排骨或者问政笋等共炖，也是极其鲜美的。两种鱼做得各有千秋，难分伯仲。

关于臭鳜鱼的来由传说很多，百度便有。但我还是很佩服发明这道美食的人。主材只能用鳜鱼，从来没有臭草鱼、臭鳊鱼等。为什么？可能是独特的蛋白质结构决定的吧？别的鱼估计也能臭，但未必好吃。现在网上也很容易买到各种牌子的真空包装臭鳜鱼，有些做得很地道，解冻后自己烹制，也能达到七八成的效果，但我还是无比怀念驱车数百公里只为品尝一道奇臭的经历。

再说说更远的臭食——牛瘪。

这是一种非常神奇的云贵暗黑料理，也是令我毕生难忘的地方土菜。初遇它，是在十年前黔东南自驾游的途中。因为事先做了攻略，知道有这么一道神奇的美食被当地人奉为至宝，节日才能吃到。

后来，我们在从江县吃到了。经打听，得知最正宗、最有名的是停洞牛瘪店。一行八人驱车过去，发现是家很简陋的小店，还没看到牛瘪，就领教了店主的厉害，不由分说地安排上了店里的两道特色菜：牛瘪火锅和鱼生。主料是牛肉和牛杂各两斤。菜好上桌，只见一大锅绿色黏糊状的底料，锅中翻腾着诡异的泡泡儿，异"香"扑鼻。我们纷纷夹了牛肉，蘸了底料塞进嘴里，嚼之有清苦的草料味道。大家好奇地略吃了几块，起初尚能勉强忍受，后来就感到不太对劲。随着水分的蒸发，底料渐渐凝结于锅底，并呈现出排泄物的性状，气味也慢慢转浓，搭配视觉效果让人无法直视。在场者除我还能勉力吃下去，余者基本都已停箸不食，表情也跟着底料逐渐凝固起来，保持着僵硬且尴尬的笑容。

为了打破沉闷的局面，一位老铁摆出誓死力挺我的架势，勇敢地夹起一块牛杂，在锅里狠狠蘸了一下，塞进嘴里。只嚼得半分，便止不住反胃，于是"呕"的一声吐了……

那晚的经历无比深刻地存于我的脑海，也成就了我们十几年来津津乐道的谈资。

鱼生，则是活杀河鱼，剁碎了加折耳根和各种调料凉拌了生吃。你完全不用想象成类似三文鱼刺身的鲜美，那味道奇腥无比，实在难以下咽；而且河鱼确实不太卫生，有寄生虫之虞。不管怎么说，这个菜是我等江南人士无福消受的地方美食。

黔东南无法消受的还有一种叫血红的菜，我们在肇兴古苗寨的一家饭店吃到了。一盆煮熟的秘制猪里脊肉，放上辣椒末、折耳根和不知名的调料，用新鲜的猪血拌匀了端上来。同行有个小兄弟长得人高马大的却晕血，看了一眼便觉得天旋地转，夺门而出。

次日在肇兴古镇菜场，我们终于得睹原生牛瘪本尊。它们被放在一个巨大的塑料盆里，青绿色的凝固状盛满了一大坨。走近一看，"嗡"的一声，腾起一大群绿头大苍蝇。摊主表情淡定，面对我们的瞠目，脸部的肌肉只略抽动了一下。

对了，忘了说牛瘪是怎么一回事：牛用细草料和草药细细喂上一阵，宰杀了，将其小肠和胃里的内容物挤出，加入胆汁和佐料，淘洗出内中的液体充作火锅底料。

牛瘪、鱼生和血红，是黔东南自驾途中最深刻的"美食"记忆。

同为边城美食，比较友好的是贵州酸汤鱼。酸汤鱼出现在本篇与主题并不贴切，因为它不臭。但既然写到地方特色美食了，不妨提一下。

酸汤鱼最早是在镇远古镇吃到的，一堆我们当地不吃的野生小鲊鱼在酸汤火锅里氽熟了，鱼肉酸香鲜滑。秋日的晚上，在碧绿如蓝的舞阳河边喝着啤酒，沉浸在异地他乡的迷人夜色里，确实是十分应景的味道。数年后，我在本地超市发现有贵州酸汤底料在卖，兴冲冲地买回来尝试自己动手，味道倒也有几分相似，但总觉得和贵州本地的味道相去甚远。

都说酸汤吃了长力气。贵州边地盐巴较为稀缺，而当地人又多为重劳力，需要补充盐分，权宜之下发明了酸汤的菜品。酸汤虽补充不了多少盐分，却使得饭菜增味不少。酸入肝经，也具有一定恢复体力、调节胃口的作用。这只是我想当然的推测。

螺蛳粉，也算得上是广西的一道经典臭食，已推广至全国各地。它既有螺蛳坏了发臭的味道，更伴有酸笋的酸腐，两者叠加之下，臭得入脑入心，难以言说。起初无法接受，但捏着鼻子吃上几口，竟又生出欲罢不能之感。

除了臭食系列，暗黑料理里我还尝过云南丽江酒吧里的"水蜻蜓"，据说是蜻蜓的幼虫，炸了下酒，除了外形有些瘆人外，并无多少奇特之处。还有湘西德夯苗寨一种叫"桃花虫"的美味，外形也比较恐怖，像蜈蚣，也是油炸了吃，口感香脆，但属于异性蛋白。我食了桃花虫后至半夜，浑身发痒起了疹块儿，折腾到凌晨才消退下去。

至于蚂蚱、知了猴、蚕蛹、蝎子等看上去、听上去很可怕的暗黑料理，在我尝过以后都觉得不值一提，远不如福建沿海的土笋冻——一种生长于海边外形像砸扁的蚯蚓一样的沙虫制成的小吃来得鲜美。

还有一种连云港灌云县的美食，叫"豆丹"，就是我们小时候在黄豆地里经常看到的一种外表呈绿色、长约两寸的光洁蠕虫，很像成年的蚕。它的屁股上长着一根尖尖的小刺，抓在手里凉凉的。成虫会变成巨大的蛾子。这个东西据说是至味，用擀面杖将表皮下青白色的内容物擀出来，再与蔬菜炒食或者做汤，奇鲜无比。近年来多有专业养殖的，价格颇不菲。虽然网上也有售卖的，但没在当地品尝过的都不算真的吃过，有机会定要一尝。这东西让我想起法布尔在《昆虫记》里写的从树洞里抓出来肥白的虫子烤着吃，据说也是极美味的东西，不知道贝尔·格里尔斯[1]是不是有兴趣把它当作零嘴消遣。

---

① 贝尔·格里尔斯（Bear Grylls）：英国探险家、主持人、作家、演讲家。

人间至味，见仁见智，都是自己的选择。万事万物都有个度，唯恐过犹不及。"逐臭"听起来重口味，不也是探索未知领域、领略不同人生的一种尝试吗？

纵有千般香臭，更与谁人说。

2021 年 8 月 20 日

雅

借清和四月，祝曼衍千龄，喜看令子贤孙，奉阿母豫庆
华堂午节。

越荏苒十年，便期颐百岁，犹忆垂髫总角，与吾姊同看
史埭春灯。

——贺周母姚表姊恭人八十岁寿诞楹

清·俞樾《春在堂集联》

作者自注：恭人为平泉舅氏长女，于余为外姊，于亡妇
则兄弟也。年八十矣，于五月一日生，而于四月九日豫行称
觞之礼。余往祝之，白发青裙，纵谈往事，因忆余儿时，太
夫人每邀姊来度岁，所居史家埭，有楼临街，元夜张灯，与
姊登楼观之，情景犹如昨日，而余与姊皆老矣。

~~~ **1** ~~~

我以前不知道通儒俞樾也就是曲园先生曾在史家埭住过。在我最

初的想象里，他应该是一位像唐伯虎那样潇洒超脱的雅士。事实上，完全不是那么一回事。曲园先生所处的晚清是一个很忧郁的时代，当时，中国内忧外患，几乎每部涉及晚清的文艺作品都给我阴暗压抑的感觉。比如读过的《天京之变》、读书时学校包场看的电影《火烧圆明园》，还有一部反映鸦片战争后闽南沿海英国人贩卖华工事件的电影《海囚》，拍得非常不错，估计现在很少有人记得了。这些文艺作品的色调都是阴沉压抑的。

后来看《浮生六记》，被沈三白笔下的爱情所震撼。原来清人笔下也有这样清丽真挚的文字，更慨叹于三白用情之深而不寿。回头再看曲园先生的婚姻生活，又有了更深的感慨。曲厚先生亦是痴爱一生之人，虽命运多舛，遭弹劾后永不再仕，但他的春在堂门下走狗又何止三千？

自古文人的快乐并不多，像太白、苏子这样貌似洒脱者更是少之又少。曲园先生罢官寓苏州四十余年，皓首穷经，学通古今；沈从文当年自杀未遂，后去当了研究员，居然搞出了《中国古代服饰研究》这样跨专业之皇皇巨著。

很多时候，著文写字无非是借外物抒己之情，排遣苦短的人生，于乱世中寻一点儿洁净的微趣罢了。

"星斗其文，赤子其人"，又有多少文人一生可当此二句？

曲园先生虽是德清人，但对临平的感情不浅。史家埭和干河埠中央一带的民居群布局像一只船，曲园先生所寓旧居约在靠近老联防队斜对面"船头"的位置，临街的路边应该还挨着一条市河。邱山、临平湖和上塘河的水流注入这个江南小镇，文气便也流通起来。

曲园先生在史家埭住了二十多年，当然知晓这是康熙年间翰林史尚节的故里。他后来者居上，也曾做到翰林院编修。临平里人做官做得高的有孙士毅，读书读得高的算是曲园先生了，虽然他只是寓居，算不得严格意义上的临平里人。曲园先生是道光三十年（1831年）的进士，至咸丰七年（1857年）只做了不久的河南学政就被弹劾了。我之前提到的两部电影反映的都是咸丰年间的事情，加之咸丰帝能力有限，和慈禧太后这对夫妻档误国误民，我便觉得咸丰年间是颇令人不爽的年代。

咸丰十一年（1861年），太平军攻克杭州。同年，我祖上的冯源兴羊鸭号在临平最繁华的东大街陡门口开业，好歹让我对咸丰年间略有了些好感。

彼时，已是曲园先生被革职永不叙用的第五年，次年他便去了苏州马医科巷，不问世事，专心治学。关于此事，我专门查了史料，好奇的是那个叫曹登庸的御史为啥要把崭露头角的曲园先生一棍子打翻在地，又踏上一只脚令其不得翻身？况且，曹本人也是一代宿学名儒，都读圣贤之书，皆学而优则仕，两人之间有什么过节呢？又或者是因为文人相轻？

但试题割裂经义是有实锤的，怨不得曹御史。我觉得曲园在出"君夫人阳货欲"这三个试题的时候，骨子里多少是有些寒窗苦读后终遂凌云志的春风得意，这是非常正常的心理。木秀于林，风必摧之。但从另一角度来说，曲园比金圣叹幸运得多，至少关键时刻还有个曾文正公替他说话免职保命。古代科场和官场，历来就是是非之地，鲁迅的祖父、父亲都因涉科场舞弊案而家道中落。但"天下熙熙皆为名来，天下攘攘皆为利往"，时年三十六岁的书呆子——曲园先生，又如何知晓江湖险恶呢？

再看与曲园先生恩爱一生的发妻姚氏文玉，在丈夫得了功名后，还专门写了一首诗：

耐得人间雪与霜，

百花头上尔先香。

清风自有神仙骨，

冷艳偏宜到玉堂。

俞夫人是一位有大才、大格局的女子。我不知道曲园先生在被罢官之后，抑或若干年后的"双齿冢"前想起这首诗，会作何感想呢？

人之初，大抵都是怀揣赤子之心而来，成长过程中到处碰壁沉浮，慢慢成长。少年气盛，血气方刚，意气挥斥方遒，谁愿意就此躺平？马拉松运动中有一个术语——"撞墙"，指的是全程马拉松比赛30公里后出现肝糖耗尽的那种生无可恋的状态，这是大部分选手在开始参加比赛时都可能经历的阶段。有人"撞了墙"便退赛，不再尝试；也有人屡败屡战、百折不挠；还有人厌倦了，转而参加别的更有趣、更具挑战性的比赛，比如越野或者铁人三项……

所以，我觉得曲园先生去做学问，既是无奈，也是必然，要不然哪儿来的《春在堂全集》？哪儿来的"桃李不言，下自成蹊"？

对曲园先生的一番浅解和絮叨，只因他曾是我的故里史家埭的先邻。文章开头引用他写的联是想表明史家埭在我和曲园先生心里都占有极其重要的地位，而他所提及的"史埭春灯"，正是"临平旧十景"之一。联后的注文说得更清楚，"今天我撰联贺寿，贺子孙满堂，喜庆祥和异常，想起和表姐当年在史家埭临街楼上欣赏春灯的场景，虽历历在目，却恍若隔世。昨天那两个总角垂髫的纯真少男少女，今已垂垂老矣"！这大抵就是此联的中心思想。这个"老"，可能是青葱回忆，也可能是扼腕叹息，更可能是"天凉好个秋"的旷达。唯一不变的，是当初寓居史家埭的谆谆赤子心。

然而，当我们老了，面对这座经历了沧桑巨变的临平新城，又能忆起多少旧光景？

～ 2 ～

其实最想提及的，是我从没欣赏过的史埭春灯。

这也是一桩雅事。

有一位叫陈星炜的先邻，住在干河埠。他于光绪末年（1908年5月）开办了临平学堂，后来就成了我所就读的临平一小。20世纪80年代，临平一小做了一件很有意义的事情——组织了一次新春校园提灯会。

提灯会，顾名思义，就是全校师生每人做一只灯笼，元宵节时点亮，在临平大街上提灯游行。

不知这个活动是不是受了史埭春灯的启发，当时我对此并没有多少兴趣，反而觉得是个麻烦。这个活动只有我们那个擅长书法篆刻的任老师才想得出来，可他忽略了有些同学在工艺美术方面并无天赋，而且身边并无父母相助。后来，我竟然在嬢嬢的帮助下完成了这个艰巨的任务。

而我的大救星正是峰峰的爷爷杨老爷子。

嬢嬢知晓了我的难处，便上门恳求杨老先生帮忙做个灯笼。

杨老先生瘦瘦的，背有些驼，抽没有过滤嘴的蓝盒西湖牌香烟，总穿一件对襟的蓝布棉袍，头戴一顶黑毡的罗宋帽，脚上是一双直条纹的蚌壳棉鞋。这种鞋子现在很少见了，纳的也是千层底，形如两片合起来的蚌壳。这鞋穿起来暖和干爽，老人穿得比较多，那时追求时尚的年轻人更喜欢穿冻骨头的三截头单皮鞋。

杨老先生心灵手巧，花养得极好，尤其是菊花。老天井里一年四季都种满了各式花草，均为杨老先生精心侍弄。养花本就是一桩雅事，可峰峰总在我和伟伟面前大肆卖弄自己的植物学知识：喏，这是月季，这是一丈红，这是虎耳草，这是金线菊，这是大丽花，这个绿菊最珍贵了……好像这些都是他的劳动成果似的。

　　杨老先生沉默寡言，冬天习惯把双手拢在棉袍的袖筒里，坐在堂前的硬木太师椅上，平时也喜欢负手站在天井里观赏他的花草。多数时候，他隐居在二楼不下来。我们也会趁他不在爬到二楼，偷窥一下他的书房；临南窗摆了一张书桌，正对着天井。桌上是文房四宝，木制的格子窗棂，一面贴了油纸，另一面贴了他的书画小品，或梅兰竹菊，或几笔山水桥松。

　　他是真正的雅士。之所以找他做灯笼，是因为听说他原来开过鹞子①店，手工技艺属于专业水平。老街坊开口相求，他并未因我和他孙子之间的过节而拒绝。

　　应允后，他便点了烟，旋即在堂前投入工作。他很沉静地驼着背，不发一言地从院子的花架里拔了一片竹爿，用一柄胶木的小刀把它细细劈成数根竹篾，再用刀把它们修整成光滑而匀称的骨架。为求精准，他在修整时还不时用刀背在中间架起竹骨架来估一估，依靠平衡来检查整体的配重，眯起一只眼从一头观察它们的粗细是否匀称。这些动作熟稔而从容，有一种胜券在握的姿态。我猜这是他以前做鹞子时形成的习惯。他一边吸烟一边做手工，两只手腾不出来时，就叼着烟卷儿。为避免烟熏到眼睛，他会略微侧着头。有时候，他又把烟搁在烟灰缸上，拿起来吸之前会在缸沿上磕一磕烟灰。

---

① 方言，指风筝。

不多时，他就做好六根骨架，又把它们用细棉线缚成六个圆圈，然后把这六个圈按照上、下、东、南、西、北的方式组合在一起，一个篮球那么大的灯笼骨架就出炉了。他在骨架底部安装了一个十字交叉的架子充作底座，中间向上穿了一根小钉子。他又找了几张纸，不是做鹞子用的桃花纸，而是文具店里买来誊印画像的那种淡青色、有点儿半透明但不渗墨、略硬挺的那种纸。他在骨架上涂了糨糊，再把纸蒙在骨架的四面，用小刀小心地把多余的纸裁去，留一点儿边反包过来，使之严丝合缝。这样，灯笼就基本做好了。

这个灯笼的成品虽然没毛病，但看上去总觉得单调乏味了些，可我不敢提，因为杨老先生肯给我做已经是极难得了。

"你等一歇。"他说，然后拿了灯笼上楼去了。

我不敢跟上去，就在下面老老实实地候着。几分钟后，他下来了，举着的那个灯笼的一面用笔墨画了几笔兰草，花苞还用石绿和朱砂等调了色，像本就生长在灯笼纸上一般。他又在顶部的四边系了几根棉纸，归拢到中上方，用一根稍粗的竹竿系好。

我登时觉得这灯笼看上去有种说不出的雅致。

因为作品需要"预审"，谢过杨老先生后，我就把灯笼带去了学校。任老师细看了一遍，竖起了大拇指。我觉得他的大拇指是冲着那几笔兰草。大约是意犹未尽，任老师突然取了案头的毛笔在对应的另一侧纸面上写了一首草书的诗，还钤了一方自刻的朱红圆印。这样一来，这个灯笼就更出挑了。那几笔书法绝对是点睛之笔。

元宵节那天，我取了白色的蜡烛插在灯笼底座的钉子上点起来，随着学校浩浩荡荡的大部队走过临平街头。同学们提了兔子灯、蝴蝶灯、传统宫灯、走马灯、科学灯（电子模型）、火箭灯，气势大一点儿的有飞机灯、坦克灯、宇宙飞船灯，这些灯需要好几个人抬着走，看上去充满了火药味……总之，场面热热闹闹的。

我们走过北大街、西大街和史家埭，临平镇上万人空巷，人们在街边观赏着各式灯笼，发表着各式评论。

我灯笼上的兰草和书法在蜡烛的映照下，显得通透灵秀。很多人指着它说："喏，这个灯笼好看！这个顶顶清爽相了……"

我也这么觉得，提着灯笼在满街的锣鼓声里得意扬扬地踱着步。那柔和的烛光映亮了我的脸，也在我前行的地上照出一片淡而轻盈的光亮。

3

我始终觉得雅是一种骨子里的东西。

读小学的时候，父亲在厂里上班，办公室在一楼朝北，有时放学了，我会去那儿玩一会儿。

办公室里有位老人，姓袁，是位真正的文人雅士。

他个子高高的，微胖，戴着老式的花镜，总是笑眯眯的。我不知道他身居何职，大致是个基层的闲职，因为他总是有很多时间来练毛笔字。

他的办公桌临窗，窗外就是一片灰蒙蒙的材料堆场，没有任何风景。要是努力透过结满灰尘的窗户往高远处望，或许可以看见远处的石马岭。但他似乎并不关心这些。窗台一侧是一盆疯长的文竹，他把喝过的茶叶渣堆在盆里，让那盆文竹看起来像一座小型森林。

他用旧报纸练字，办公桌周边堆满了用过的、渗着浓浓墨迹的报纸。他泡很酽的绿茶喝，吸飞马牌香烟。他的模样看上去有点儿粗糙，不修边幅，却有股子说不出来的雅意。他一点儿也不张扬，似乎除了书画和文竹，没有什么事情可以让他分心留恋。

我那时不清楚袁老的字好不好，只知道他书画、篆刻都会，还会写旧体诗。他还指点过我古诗习作的韵脚。他是一个散淡之人，看上去与世无争的样子。人无癖不可交，所以他应该是值得交的，但我那时实在太小了，连忘年交的资格也没有。

20世纪80年代，他从香港带了一部书回来，书名叫《书剑恩仇录》。对，就是金庸的那部著名武侠小说。

他好像是单身，住在厂宿舍不远的一个小房子里。夏天，他弄两桶自来水浇湿了地面，然后搬个小凳子，穿着牛头裤和老头汗衫坐在门口捧着书读，心无旁骛。

《书剑恩仇录》在当时是很难搞到的，市面上可见的都是印刷粗劣、错字连篇的盗版。同学们神秘兮兮地私下花钱租来租去地读，也是供不应求。父亲和袁老的关系较好，我很顺利地借到了正版的《书剑恩仇录》。这部小说分上下两部，他自己看完上部就交由父亲借我看，约定是一周的时间。

那是我第一次看竖排版的书，繁体字，从右往左读。纸质实在是好，洁白如雪，字体清晰。90%以上的字我都看得懂，余下10%即便不懂也不影响整体理解。

我从来没读过这么好看的小说，书页里的插图更是精美绝伦。霍青桐、余鱼同、陈家洛、香香公主……家国情仇、清宫疑云、大漠孤烟、江南水乡……这是一个精彩无比的文学世界，读着读着，就会沉溺进去，以为那是曾经发生的现实。我还去地摊上买来很粗的车袋针，磨尖了，在门板上练过霍青桐飞针钉苍蝇的绝技。

我不舍昼夜，花了大概三天时间读完了上部，又花三天时间重新温习了一遍，才去换下部来看。

后来，我读过了金庸的全部作品，包括其他武侠小说大家，如梁羽生、古龙、温瑞安等人的作品，都觉得很精彩，但没有一部像《书剑恩仇录》那般令我着迷和难忘，个中原因，一是书来得不易，二是第一次接触武侠小说，而且一上手就是扛鼎之作。

很多年后，当我具备了一点粗浅的鉴赏能力，终于知晓袁老其实是个书画高手，再度欣赏他发表和展出的优秀作品，但觉功力深厚，自成一派，颇为不俗。如果时光能倒流，我必定虚心拜其为师。

如今，距离畅读《书剑恩仇录》的年月，已经过去三十多年了。

4

那时候拥有一台收音机是一件不得了的事情。

有一种袖珍半导体收音机，杭州都买不到，得去上海弄，而且普通工薪阶层基本也买不起。那个年代，营养都跟不上，谁有闲钱弄这个？

这种收音机比烟盒略大些，用干电池供电，带伸缩天线，很精致。最好的牌子是熊猫牌，我记得是南京无线电厂生产的，留存至今的话，应该像熊猫一样珍稀了。小祝家就有一台，每天晚饭时他便很嘚瑟地收听小喇叭广播，开场是这样的：

　　嗒嘀嗒——嗒嘀嗒——嗒嘀嗒——嗒嘀——
　　小喇叭开始广播啦！

那时，我经常假装无视他的脸色去蹭听。这种状况持续到父亲终于托朋友搞到一个指标，去杭州解放路音像商店提了一台台式收音机回来。

当时，除了前面提到的很难搞到的熊猫牌，国内人气最旺的台式收音机是红灯牌，这是产自青岛的知名国货，能买得到和买得起的家庭实属凤毛麟角。

我家买到的是一台晶体管春雷牌收音机，产自上海无线电三厂。我对这台收音机的印象太深了，彼时它确实是个稀罕物，提回来后，同学和父亲的同事都来我家参观，络绎不绝。

它被放置在写字台上：漆水极好的原木外框，正面上方是花纹很好看的咖啡色布质外防尘罩，下面是金属外壳，左侧安着三个调谐旋钮，中间是波段数字的标示。因为属于高档家电，它还被罩上了白色的花边布，既美观又防尘。

我终于不用看小祝的脸色，也可以在家里收听《小喇叭》广播节目了，还能听到广播剧《珊瑚岛上的死光》，电影录音剪辑《叶塞尼亚》《尼罗河上的惨案》，评书《杨家将》《岳家将》，还有母亲喜欢听的越剧《珍珠塔》《何文秀》，只要查好时段和波段，可以在任何时候听到想听的内容。这无异于听觉盛宴。

在我看来，收音机就是一个很雅的东西，只比电唱机逊色一点点。

我家后来拥有了一台四速电唱机。牌子真记不得了，但它同样很精致，被安装在一只皮革制的箱子里，看上去极专业的样子。打开盖子，下面是个软橡胶唱片托盘，接通电源，放上唱片，再把唱针小心地搁在唱片边缘，唱片转起来，音乐就响起来了。

四速是可以调节的，可快可慢，但其实没有什么用处，因为调快了听不清内容，调慢了那动静就像老牛喘气，听得人一样喘不过气来。

父亲买了好几张唱片，有唐杰忠和马季的相声，有越剧《红楼梦》《碧玉簪》，还有民族音乐《春江花月夜》什么的。这些唱片不仅好听，也很好看。它们是用一种叫作聚氯乙烯的材料做的。之所以记得这么清楚，是因为唱片封套上标注得很清楚。虽然我不知道这是一种什么材料，但它们普遍呈现出半透明的绿、红、黄等色泽，并且很轻薄。我还喜欢举起它们对着窗外看，像戴上有色的太阳镜。把唱针放在唱片的不同位置，就能找到不同的进度，像现在的快进、后退键。

那几张唱片被我反复聆听，听得滚瓜烂熟，以至于想听哪个片段，凭感觉就能把唱针放到八九不离十的位置。

唱针用久了，针头上可能会积起一些碎屑，此时声音会变得模糊，要用软布擦净后，才能恢复音质。

后来，我又和同学从厂里的旧礼堂捡来几张废弃的黑色胶木唱片。记得有一张是钢琴伴唱《红灯记》，居然能在我家的唱机上顺利播放出来，它们除了非常沉重以外，音质几乎是无可挑剔的。

我大约算是国内最早、最年轻的音响发烧友之一了吧！

雅——收音机和电唱机，我认为是雅。

5

上初一的时候，我每天穿过其茸弄去临平中学分部上课。那里是临时调剂借用的原临平镇中的旧校舍，虽然只待了一个学期，但那里真是一个非常有乐趣的地方。

校园很小，只有四层楼，总共十几间校舍，前身应该也是类似于寺庙的古建筑。门前极其狭长，充作操场的空地还留有使用年代很久远的青石板。

学校西侧就是河南埭，挨着上塘河的一条支流，夏天，我们常去岸边抓小螃蟹玩。再往南去，就是沪杭铁路的一个道口，装着很老式的扬旗^①。道口北侧是一个同样老式的供销商店。

学校操场围墙外的南侧是老天主教堂，典型的哥特式风格，红砖和彩色玻璃花窗很好看，已经废弃不用，充作民居了。当时，孩子们最喜欢课余时光穿行嬉闹于神秘而黑暗的教堂。

有位方姓美术老师，我不知道他是哪所院校毕业的，总之，给人的印象是有思想而沉静。

方老师给我们讲《马拉之死》《思想者》《自由引导人民》等画作的来历，讲莫奈的印象派，讲凡·高和毕加索的故事，也讲齐白石和徐悲鸿的交情。那时候，我们像一群真正的大学生一样在听他讲课。

后来，我常常想，这个社会不可能也不需要每个人都成为美术家，但我们都应该具备基本的艺术鉴赏能力，这就是所谓的素质教育。而这种教育一定建立在轻松自由的状态下，这也是教育的本真。

我想起曾读过的夏丏尊的《白马湖之冬》。就文字而言，他的笔触简约而精准，当得起一个真正脱离浮躁功利的教育家和学者。还有丰子恺，当年也是应夏的邀请，到春晖中学任美术、音乐及英文教员的，还有朱光潜、朱自清等，这些旧时文教界的大腕，常常聚集在小杨柳屋，品茗对饮，作画高谈……这才是真正的诗意栖居。我觉得这些人都是真正有情趣的，是当得起"雅"字的学者和师长。

美术不需要考试，所以方老师闲时常会兼任各科考试的监考官。有一回期末考试，我们的教室在一楼，方老师坐在门口监考。他并不像其他老师那样瞪着眼睛不时地来回走动，监督和警示学生不得作弊。我们在教室里考试，他搬张椅子倚坐在门口，拿了个薄薄的本子和一

---

① 扬旗：设在车站两头的铁路信号，在立柱上装着活动的板，板横着时表示不准火车进站，板向下斜时表示准许火车进站。

支圆珠笔，时而抬头看看外面，时而又低头在本子上记着什么。考试结束，我们交了卷，凑过去一看，原来他在速写写生，速写本是他用废纸订起来的，上面寥寥数笔，画的是校园外一侧的景象，有水杉树、高而尖的教堂屋顶、围墙和角落里的扫把……

我觉得方老师是位雅士。

～ 6 ～

校园的东门设有一个传达室，传达室大伯叫老韩。

那时没有电铃，他主要负责按时敲上下课的钟。后来接触汪曾祺的散文，读到敲钟兼偷偷卖糖的詹大胖子，我就想起了老韩。老韩不胖，也不卖糖，六十开外的年纪，脸色有点儿黧黑，眼神却闪闪发亮。他的肺或者气管可能不太好，老是会不自觉地咳几声。

他对学生很好，尤其对我不错。我喜欢下课到他的传达室去玩。房间外面搁了一个煤球炉子，用大的铝壶煮着开水，一排热水瓶靠在墙边。他桌上的搪瓷大茶缸里常年泡着枸杞和胖大海。有一回，我喉咙发炎，他特意拿了瓷杯倒了水给我喝。

我嬢嬢也认识他，说他原是杭州滑稽剧团的演员。关于这一点，我很快就证实了，老韩坦诚告诉我是因为身体的原因才提前病退了。

他是一个散淡之人，工作也不算太劳辛。他会口技，还说爱咳的毛病算是职业病——很多口技表演都会伤到气管和肺。有时兴致来了，他就表演口技给我们听：把手拢到嘴边，模仿鸡叫狗叫、小孩啼哭的声音，学瓦片从屋檐掉落、火车开过的声音……几乎什么声音他都模仿得惟妙惟肖！后来我读林嗣环的古文《口技》，就想起老韩表演口技的情景。

没有人能定义何为真正的雅。但在我的青少年时期，遇见了不少临平的雅人，以及很多称得上雅的事情。比如做灯笼、听唱机、画速写、玩口技……这些我认为雅的事物，是需要一些散淡的人去维系的，还需要一些更散淡的人去欣赏和回忆，如此，平淡的生命才不会感到枯燥。

真正的雅士，在于随遇而安的达观与知命，人生原本苦短，于这苦短里，寻一些洁净而平凡的雅趣，这便很好。

我忽又想起当年丰子恺在三家村避雨，借了胡琴来拉唱《渔光曲》的场景了。

2021 年 10 月 13 日

味

●

●

味，在我的理解里有两种：一种是感官的味，如视觉、嗅觉、听觉、触觉；还有一种就是记忆里的、深层次的味道。有时候，我觉得味是可以互相迭代的，类似于我们常说的通感。

～ 1 ～

临平原是一个蕞尔小镇，但它具备标准江南小镇的所有特征和味道。说小也不小，因为独特的地理位置，又属沿海富庶之地，在宋代已形成规模。穿镇而过的上塘河是运河的支流，也是古盐河，舟楫不绝，沪杭铁路和杭申公路皆穿境而过。半个多世纪以来，作为县区的政府所在地，加之社会发展的需要和时代大潮的刷洗，它的小镇味道像化在溪水里的墨汁一样渐渐晕开，淡了、远了、消逝了。

味，需要依托本原。比如吃完一个包子，就没有香味了，即便有，也只停留在味觉和嗅觉的记忆里。那么这些年来，临平的味自然也就淡了，远了，甚至被遗忘了。

令人无奈的是，这种味，有时像一个调皮的孩子，总能让你记住一些并不重要的场景、片段和细节，挥之不去，又没什么用。

2

我是小学三年级时从父亲的厂子弟学校转到镇上中心小学的。令我一度很奇怪的是，临平这么小的镇子为何留下那么多寺庙道观的旧址？比如，我家老宅东头上就是元帅殿，后改成托儿所；读书的小学叫将军殿，元帅和将军到底哪个大，我不太清楚，直觉是元帅大一些。后来就读的临平中学原址叫龙兴寺，我怀疑教工宿舍是由僧寮改建的。临平山西侧山脚下是道古寺，寺没有了，只有一个著名的电缆厂。县委党校所在地原来叫景星观，位于临平山南麓，有几棵千年大樟树。还有一个很大的放生池，环境清幽，风水极佳。据说观里曾经供奉过十殿阎罗和无常，门槛下有个机关，进门一踩到就会有黑白无常猛扑出来，还吓死过人。后来读了一些书，大概知道这应该是许多城隍庙的操作套路，但不太理解道观为何也会安排这样的"节目"。

最大、最有名的应该是镇西始建于唐代的安隐寺，后辟为省级司法单位了。20世纪90年代初，我在那里驻守过九个月。部队营房取用的饮用水应是和曾被"茶圣"陆羽遗忘的安平泉系同一脉的山泉水，甘洌无比且自带气泡，远胜现在的"网红"巴黎水。

新中国成立以后，以上提到的寺庙、道观基本辟作政府的教育培训基地。这些寺庙遗址，都能隐约嗅到一股子陈旧的、类似于腐木的味道，你也可以说这是一种岁月的味道。

3

北大街和西大街上的法国梧桐遮天蔽日，形成一条巨大的绿色长廊，在柏油的街面上投下斑驳的枝叶阴影，也在地上留下一团团黑白

临平十九韵 · 味

色的麻雀屎。夏天是四海厅冰镇牛奶、果子露和冰激凌的味道；秋天是糖炒栗子的焦香味道；早上是国营向农及向群饮食店的小馄饨、洋糖糕、油墩和鲜肉小笼的味道；中午是聚乐园、西河菜馆、卤味馆旺火急炒、浓油赤酱的大菜味道；下午或者放学时，经过朝阳桥一带，可以闻到油厂奇香扑鼻的菜籽油饼味、酒厂刺鼻而微醺的酒糟味，还有我家门前叫干河埠的小路对面酿造厂里的酱料发酵味……这些味道交杂在一起，弥散在小镇的上空，烙进了我的记忆里。

夏天，向农、向群点心店里供应的凉拌面特别好吃。有时中午放学，我会特意过去点上一碗。付了钱，拿了面票交给店员，她熟练地将麻油、酱油等调料浇在面上，自己抽了筷子拌匀了吃。面很筋道，带着自然的麦香，面里还有几根绝妙的豆芽，含在口腔里凉凉的，调动起全部食欲。后来再也没吃到过这个味道的凉拌面了。我曾尝试自己动手，一直没能完全找回那种味道。直到前不久骑摩托车到海宁，在老街的一家老字号馄饨店里随意点了一碗凉拌面，一口下去，差点儿哭了——就是这个味道！

4

我家老宅北依史家埭，街边植有许多高大的无患子树。挂果的季节，我们常用皮弹弓包了石子打下果实，挤破果皮，用起泡的汁液来洗手。我们叫它"肥皂树"，闻起来确实有滑腻的肥皂味儿。老宅正对面是两口连体的老井，井水主要为洗濯之用，吃的水是从井边的自来水龙头接来的。有个不知是叫"杭州孃孃"还是"摇船阿太"的老妇人，受雇于自来水公司，穿着洗得发白的中式布褂，梳着一丝不苟的发髻，神态安详地把守着龙头，收取每担一两分的水钱。家里没有青壮劳力的，可以雇人来挑，再倒入家里的七石缸里。我记得那挑夫是个中年汉子，肌肉发达，赤了膊，穿条靛蓝色的牛头短裤，腿部肌肉受了力呈现出青蛙腿一般的线条，孔武有力。

老宅往东去是一个很大的池塘，居民们常在那里洗菜、洗衣。每天上学经过池塘边，我总会看见那里撅着一排形形色色的屁股，濯洗的动作搅动出一圈圈涟漪荡开去，连绵不绝。放学回家，我们用大头针弯成鱼钩，拿鹅毛管制成七星漂，在塘边钓"马达郎"（一种很小的猫鱼）。半小时能钓好多条，养在糖水橘子的广口瓶里，却都活不了多久。养金鱼的日子，我们常在清晨用纱制的网兜到塘边捞取金虾儿（红虫），还见到有人在池塘里练甲鱼枪。那是一种带线轮的锚枪，前头有重锤和倒钩，用力甩出去的同时控制落点，有点路亚钓①的原理，准头误差极小。有个发小的父亲是这方面的高手，那些年挑落在他枪下的野生甲鱼不计其数。

～ 5 ～

池塘的东边是无线电厂，南边是区委。

先说说区委。区委可能是一个过渡的存在，类似于区公所的性质，后来似乎变成县委机关宿舍。池塘西侧是通往区委的唯一道路，这使得区委看上去有点"半岛秘墅"的味道。很多县镇干部和家属都住在那片老式砖瓦结构的公房里。我去过住在那里的某同学的家里。他家摆放着高级布艺沙发和红灯牌收音机，都盖着白色的花边布。虽然只

---

① 路亚钓：也叫仿生饵钓鱼或拟饵钓鱼，是模仿弱小生物引发大鱼攻击的一种方法。在整个钓鱼过程中，钓者是在做全身运动，与传统钓法有着极大的差异。（百度百科）

有小小的一室一厅，但一尘不染的红漆地板、海棠花图案的窗玻璃、五彩拉花的玻璃烟灰缸……整洁高级到令我们不敢大口呼吸。

屋外种着一串红、女贞树等植物，居然还有栀子花和含笑。这两种花都是极香的，香得让人晕眩。相较而言，我更喜欢栀子花的味道，它们基本在初夏的傍晚开放，于暗夜里泛着馥郁，通常还伴着夏雨，很像青春的味道。含笑开得更早一些，气味有些太过霸道，略带香蕉水的刺鼻感，不像自然界生成的香味。

我最喜欢的还是白兰花的香味。它们通常在炎夏绽放。午后的巷口，常有那么一两位穿着整洁、面目慈祥的老太太，挽着一个细篾编的小篮子，走过光滑的青石板路。一块藏青色带有刺绣的手帕盖着码得整整齐齐的有着修长花瓣的白兰花，花萼处用细铁丝穿了，两个一对，便于佩戴。她们那细夏布①外衣的盘扣处，必定也同样佩戴着这么一对花朵，人还没有走近，便能嗅到袅袅香气。她们的表情都很散淡，没有急于卖出去的迫切感，我觉得那才是最好的营销。

白兰花的香，是一种极清雅的幽香，略带有一点儿骄傲，但绝不张扬。当季，没有比它更好闻的味道了。孩子们常花三五分钱买上一对儿，让老妇人给别在襟上，携着香味步行去学校，一路上以及整个教室都弥漫着此香，在燥热的夏季午后格外提神醒脑。

〜 **6** 〜

黄瓜是被密密麻麻铺在一张麻布袋子上的。淋了水，顶花带刺，新鲜得仿佛要告诉你它们来自周边农村的哪块庄稼地。初夏，本地黄

---

① 夏布：一般指手工织麻布。

瓜是廉价美味的水果。对，它被完全赋予了水果的属性，几乎没人拿它来做菜。两三分钱一根的价格使得它的形象很亲民，又可以随意挑选。选好了，把钱丢在铁罐里，卖家拿起精致的小刨子三两下就刨去外皮递给你。握着带皮的瓜蒂边走边啃，走到电影院的海报栏去看剧情梗概。那时的黄瓜带有浓郁的香味和清甜口感。我可以负责任地告诉你，不是每种黄瓜都有真正的黄瓜味，包括现在各种形形色色有机的、高山的、无公害的果蔬，都吃不出那个味道。还有一种菜瓜，本地人叫"梢瓜"，胖胖的表皮有纵向的绿白条纹，像被扯长的小型西瓜。黄色的瓤是酸的，弃去不食。它不甜，但水分极多且脆，有清新的瓜果味，用井水冰镇了，口感远胜西瓜。母亲常悄悄买了放在我的床头，暑假午睡醒来，一睁眼就能看到，吭哧吭哧地嚼起来，清凉的喜悦感油然而生。

至于很多人喜欢的黄金瓜我是不爱的，一是太甜、太面、太腻，二是每每吃得手、嘴黏糊糊的，吃相极其不雅，太过市井味儿。

市售的水果里，我也不喜欢"黄元帅"苹果这类软货，不仅价格昂贵，口感还像面粉。此外，柿子也是不碰的。我最喜欢国营烟糖商店里售卖的"小国光"苹果，咬起来有种酸酸的青涩口味，咔嚓咔嚓的脆，我一口气能吃上三五个。父亲知道我爱吃，每年上市的时候都会买回一大筐，说是补充维生素 C。于我而言，一边翻阅小人书一边啃着"小国光"是最完美的搭配。与之相媲美的还有花红果，就是海棠果，像小苹果一般红得恰到好处，像少女脸上的一抹羞色。我觉得，它是一种极雅的水果。可惜这种水果不常有，且不耐放，略放久一些口感就会发面。

至今，我一直保持着喜欢吃硬而脆的水果的习惯，比如毛桃之类，而再好的水蜜桃，于我都是鸡肋。

味，是伴随一个人的成长经历、身心发育和市镇变迁而存活在血脉深处的。

味是味觉，是味道，更是况味。有些人记得，有些人忘却；有时候找回，有时候遗失；在某个时刻、某处场景里，甚至一个不经意间，品尝一份似曾相识的食物，嗅见一点点气息，就能唤醒深埋心里的那个味。

那一刻，所有的记忆仿佛奔腾而下的山中之瀑，一刹那冲撞和吞没了你所有的思绪和情愫。

2021 年 8 月 18 日

琴

.
.

十七岁的时候，我拥有了自己的第一把吉他。

现在回想起来，当年做出买吉他这个决定的时候，我一定是"中了毒"。

20 世纪 80 年代中期，在我周围时尚的弄潮儿无一例外都是帅哥，还都弹得一手好琴。

第一位帅哥姓寿，住在无线电厂旁边的平房里，为人沉默少言且友善，成绩平平。

高一的时候，我有幸和他同班。

寿帅哥喜欢穿一件洗得发白的奋牌牛仔衣，浑身上下充满了流浪歌手的落寞气息，有点儿王杰式的忧郁。他有一把杂牌的老吉他。他家的条件并不好，谁也不知道他从哪里搞来这么高级的乐器，更不知道他是什么时候学会弹吉他的。按他的话来说是自学成才。总之，那时候会弹吉他，在我们眼里就是神一般的存在。有一次，他在班会上表演了吉他弹唱，一鸣惊人，我和他成了好朋友。

我经常在放学后顺路去寿的家。他家养了好几只兔子，是白色的长毛兔。兔子很贪吃，吃起草来发出清脆的咔咔声。兔子一碰生水就容易挂掉，所以不能给它们洗澡。兔子虽然可爱，但身上脏兮兮的且很臭，必须和它们保持足够的距离。

记得那是一个秋天的周末下午，寿背着老吉他和我去铁路边的田野里瞎逛。铁路职工宿舍的墙外有成片的水杉林，叶子黄了以后接近赭色，落在地上厚厚的一层，很好看。秋天的天空很洁净，经常可以看到大雁在远空成"一"字或者"人"字形飞过，还不时有绿皮火车嘶吼着从身边穿过，有时是快车，有时是从长安那边过来的慢车。我喜欢货车进站前那副有气有力的慵懒样儿，像老牛一样喘着气吼两声，经过龙兴桥，驶向临平货运站台。

我们翻过铁路桥，走过农舍，走进上塘河以南刚收割完的田野，靠坐在一个稻草垛边。面对空旷的江南秋野，他开始弹唱当时校园广播"临中之声"里最流行的刘文正的《最高峰》：

让我们爬上云端／更接近那蓝的天／最高的山峰在眼前／地上的弯弯流水／好像一条银项链／看一看山脚下／又像一座小花园／我们爬得高／我们看得远／把那欢乐和美妙的歌声／散播在山水间……

很简单的扫弦，很简单的歌声，带着一丝清新和欢快。回忆起来，那时我们听过、唱过多少校园歌曲啊，《橄榄树》《外婆的澎湖湾》《赤足走在田埂上》《垄上行》《秋蝉》《兰花草》……校园歌曲，真是我们这代人内心永远的清流。

而那个简单又不起眼的秋日午后，一直是我记忆中不能磨灭的场景。

彼时正青春。

还有一位帅哥同学姓朱，和寿不是一种风格的帅，长发飘飘、身材高大，带着一丝不羁，也更接近当时女孩子梦中情人的样子。他家在电影院楼上的宿舍，吉他弹得也很棒。他的弹唱和发型走的好像都是齐秦的路子。我曾经向他讨教过弹吉他的技法，这件事他可能已经忘了。但我记得他的吉他是红棉牌的，是当时国内可以买到的吉他"顶流"，价格数倍于大路货，做工精湛、外形出众且音色优美，和他本人的气质也很搭调。

最值得一提的是一位姓赵的帅哥。他是临平中学的学长，我和他并不熟识，也没有交集。他弹得一手好吉他，为人低调内敛，校园内外颇有些名气。他家住在离学校不远的无线电厂对面环境优美的区委宿舍，门前是一口清澈的大池塘。我们两家的大人熟识。赵的父亲是干部，他是家里的小儿子，长得清秀而充满文艺气息。他和前两位帅哥的不同之处在于出身，优渥的家境和良好的家风培养出了他优雅的书卷气。

如果说寿是刘文正型、朱是齐秦型，那么赵就是典型的李健型，还有点儿学院派的味道。我记得他在全校文艺晚会上弹唱过一首《清晨》，记得这首歌的人已经不多了，国内最早应该是一位叫沈小岑的歌手唱的，后来又听费玉清唱过，最后它成了儿歌：

> 清早听到公鸡叫（喔喔）／推开窗门迎接晨曦到／花香鸟语春光好（喔喔）／今天又是一个艳阳照／早晨空气真是好（喔喔）／高高兴兴骑着单车跑／奔驰在那晨雾道（喔喔）／我们相约在那小木桥／青青的草原对我笑／那绿油油的秧苗在山脚／葱葱的山林在身旁／那白茫茫的云气在山腰……

这首清新的校园歌曲被赵演绎得非常到位，他指法娴熟，分解和弦和扫弦组合得自然流畅，加上了前奏和间奏，配上清亮的嗓音，完美无缺。

至今，我坚持认为在买吉他这件事上，自己绝对是昏了头。年少不经事的我罔顾了这么一个事实——帅哥往往会弹吉他，但并不是弹了吉他就会变帅。当时，我肯定没看得这么透彻。综合对上面三位帅哥的描述，你可能就会理解我为什么最终下狠心用当年压箱底的私房钱，冲到省城买了人生中的第一把吉他。

那把吉他是杭州本地产的如意牌。1987 年的夏天，我从杭州解放路的国营乐器行购得，花了 42 元之巨。

吉他被装在一个厚厚的三角形纸盒子里，古典样式的，没有配上当时流行的钢制琴马，让我觉得有点儿遗憾，但胜在厚实。这是一把标准的合板吉他，就是我们说的"烧火棍"。它的指板特别宽大，琴体很沉重，音孔外有一圈很好看的古典花纹。虽然音色远不及红棉牌，但对我来说，能拥有它并用它弹出一首最简单的曲子，已是很长一段时间里唯一的奢望了，不会计较太多了。

吉他刚到手的日子里，我曾怀着激动的心情上门向寿求教。可能是他本身技艺有限，只教了我基本的扫弦和最简单的分解和弦，仅此而已，我只好用他教的简单指法勉强模拟了《学习雷锋好榜样》的弹唱，这显然不够时尚，也不是我想达成的效果。

苦于当时临平本地并没有专门教授吉他的培训机构，一次偶然的机会，我在《杭州日报》的中缝找到一家吉他入门培训班的报名启示。于是那段时间，在通往杭州市区的 9 路公共汽车上，你会看到一个瘦弱的穿着不合身的长风衣、背着一把沉重吉他的少年。他站在拥挤的车厢里，一边抓紧扶手，一边不时平衡着身体和肩上的吉他，以适应驶过弯道和不平路面的颠簸，以及刹车时带来的惯性，还要时刻提防身边毛里毛躁没有半点儿文艺情调的乘客挤压到心爱的琴。

那个培训班位于杭州市上城区光复路上的光明小学。为什么我会记得这么清楚？因为它正好在我二姨家的隔壁楼上，只有一堵围墙之隔，从我二姨家的厨房抬头望上去就是培训班的教室。这也是我选择这个班的原因之一。

另一个原因就是这个培训班是市音乐家协会主办的。吉他老师是个瘦高的年轻人，戴着深度近视眼镜，据说来自邮电系统。回想起来，他有一点儿汪峰的气质。

他从最简单的乐理、琶音、爬格子等教起，按部就班、中规中矩。一期培训约为两个月，每周六下午放学，我就坐上公交车进城，在艮山门公交总站换乘市区电车抵达葵巷，步行到二姨家吃晚饭，再去参加培训，结束早的话当晚就坐末班车回临平，结束迟就第二天再回。

这两个月里，我打开了一个崭新的世界。从小白开始，很认真地学习，每节课和课后练习都完成得很认真，进步神速。可过了没多久，我就发现，哪怕是吉他老师这样的高手，也不是帅哥，一度略有些失望。但随着课程的进展，我逐渐在学习中找到乐趣，使得自己的初级弹唱水平得以稳步提升。

学员们的年龄大体相仿，男女都有，有已经工作的，也有还在上学的。他们都是杭州城里人。

他们看我弹得不错，也会主动找我攀谈。

有个来自职高的学员就没我幸运了。他平时比我弹得好，可一次被老师请上台演示指法时，他慌了神，弹错了一个分解和弦，进而造成后续节拍的混乱，被嘘声一片地赶下台。我当时反思过，他的问题主要还是在于长得帅且过于高调。不得不说，有人的地方就有江湖，有江湖的地方，一定会"卷"。

我突然有些庆幸当年在培训班的低调了。

培训班很快就结束了。

由于是初级班，只能学个大概，即便是这样，也算科班出身了，至少学会了基础乐理并能弹唱一些简单的曲目，包括《波尔卡》《多年以前》《四季歌》等经典入门曲目。记得毕业考试时我弹唱的是张明敏的《垄上行》，随后顺利拿到结业证书，上面盖有市音协的钢印。除此以外，也能简单编配一些和弦了。虽然是 C 调走天下，当时也没有变调夹这类神器，所以弹唱时只能用自己的音高拼命迎合和弦的音高，唱不搭调就只好作罢。即便如此，吉他依然给枯燥的高中生活带来了无尽乐趣。

高中时代，只有最好的兄弟知道我会点儿吉他。我从来没在任何一场校园音乐会上弹唱过，还是因为底气不足。我知道自己的水平很一般，关键是并没有因此而变帅，所以只有在家的时候，才会把自己关在房间里自弹自唱一番。

高二分班的时候，无心学业的我被分到文科慢班。班主任是一位姓黄的历史老师，人很年轻，自带忧郁气质。他戴着黑框板材眼镜，长得有些像汪峰，据说因为失恋弹起了吉他。由于小时候扁桃体总发炎就被割掉了，导致他的嗓音有些缺陷，无法飙高音。但他很喜欢弹唱，永远徘徊在几个简单的四二四四拍扫弦切音之间，配上沙哑的嗓音和身上那件有几处破洞的黑色毛衫，倒也相得益彰。

黄老师是位才子，写得一手好书法，学黄山谷。他戏说历史的水平也不赖，把很多历史人物都"玩"坏了。但不知道为什么他的自行车胎总是被顽皮的学生扎破，宿舍玻璃窗也常被莫名其妙飞来的砖块砸烂。我一直不明白他究竟得罪了谁。这些问题给他本人造成的困扰，使得他越来越忧郁。

他最喜欢弹唱的是一首叫《迪斯科皇后》的流行歌曲：

吼吼吼好个迪斯科 Queen/ 你看她多么快乐……

说实在的，我知道那时的他并不快乐，但我欣赏他的乐观主义精神。

就像杨庆煌唱的《菁菁校园》，"校园的钟声叮当叮当 / 交织过多少美梦"。

高中毕业后干临时工的那一年，我庆幸于摆脱了枯燥的学业，社会让我看不到未来，却无来由地充满希望并体会到了自由的味道。我仍然喜欢吉他。夏日的夜晚，在老屋门口的地上泼一脸盆水降温，再放上一张骨牌凳和几把竹椅，泡两杯茶，摆一包烟，我和发小们弹吉他，不仅唱校园歌曲，也唱最流行的臧天朔的《我祈祷》《红高粱》，唱王杰和齐秦。彼时的夜晚，史家埭还没有夜宵摊，整条街都是我们的"祈祷""九月九酿的新酒""一场游戏一场梦"，还有"一群来自北方的狼啸"……

再说我的如意吉他，它的归宿还是颇有些遗憾的。

一天，我的一位邻居，也是学长，路过我家进来坐坐，看到了我的吉他。他眼里放出光来，淡淡地和我表示他也喜欢吉他，想借去把玩一周，还提出可以给我引荐很优秀的吉他老师。鉴于他的一贯诚恳，加之其良好的社会关系，我难以拒绝。

没想到的是，我的如意吉他竟和我一别成永诀。

一周后，学长并没有主动归还吉他，我开始变得坐立不安。这把琴一度像是我的一颗门牙，没有它的时候总觉得精神上有个缺失。我小心翼翼地去催讨了几次，学长每次都很诚恳地摆出各种理由，比如演出，比如被朋友借走两天就还之类，反倒是我觉得以小人之心度君子之腹了，上门催讨是多么不礼貌的一件事情啊！总之，这位真诚而优秀的学长后来去企业干大事了，我就不太有机会见到他了。再后来，我入伍了，这个事也就不了了之了。

我一直相信学长是真诚的，并未有赖账的意思，他可能真是不小心忘了，只是我失去了生命里第一把吉他，总是有些感伤而怀恋的。

但没有什么是时间冲洗不去的，都说了，忘却是最好的纪念。

上帝为你关上一扇门，必定会为你打开一扇窗。

我原本以为自己可以背着吉他入伍，就像当年的小虎队，兄弟们唱着歌在站台送陈志朋去当兵一样。可最终就是少了我的"如意"吉他，这使我在新兵连阶段多少有些郁郁寡欢。当然，我也不能告诉父母琴的真正下落，甚至考虑存几个月的津贴再去买一把。

不久以后，神奇的事情发生了。一次偶然整理仓库，我在角落里居然发现了一把积满灰尘且破旧无比的老吉他。我小心翼翼地把它擦干净，调准了音，试弹了一下，音色虽然暗哑，比不上我的"如意"，但足以给我一份意外之喜。琴箱上已看不出品牌，但没关系，我仍感到如获至宝。

这把吉他是我部队生涯的一份意外礼物，上天在冥冥中安排我失去"如意"，又迎来了"配发"。这份礼物抚慰了我青春岁月里漫长到看不到尽头的孤寂和忧郁。在无数暮色四合的傍晚，我抱着它坐在宿舍二楼的灰色阳台上，面对部队大院宽广的操场，眺望着远处雾霭里的山峦，拨弄着有限的几个和弦，唱着编配不准的歌谣，从流行到民族，再到军歌。有时候，我会扫着弦，唱着臧天朔的《我祈祷》：

我像那一只火鸟 / 无尽地燃烧 / 我要唱那 / 那一首歌谣 /
伴我天涯海角

还有童安格的《明天你是否依然爱我》：

午夜的收音机 / 轻轻传来一首歌 / 那是你我 / 都已熟悉
的旋律……

对了，当时部队里还有一位战友是吉他高手，姓潘，已是副连职
教员，他大学毕业后分配到部队大院教书，会弹古典吉他，是真正的
学院派。他不仅会弹《爱的罗曼史》，还会弹《少女的祈祷》《绿袖
子》，他的吉他是尼龙弦的红棉古典吉他。

阿潘虽然很聪明，但个子不高，也不帅，嗓音一般，所以专注于指
弹。他的国标舞跳得也很好，仍然不顶用，很多年都没能谈上女朋友。

当时，论受欢迎程度，古典指弹肯定干不过民谣和流行，毕竟指
弹曲高和寡，不够时尚。弹唱就不同了，光扫个弦什么的就能让气质
翻倍。所以阿潘的古典学院派在当时没有人气，挺遗憾的。

流派不同，并不影响我和阿潘建立纯洁的战斗友谊。

这些年来，从我喜欢的许巍、朴树、老五、捞仔、李延亮，到现
在的赵雷、柳爽、万能青年旅店等，让民谣、新摇滚和民谣吉他真正崛
起，我们也有机会选购到国内外的各种好琴，比如 YAMAHA、李吉他、
卡马和恩雅等。但我从不在吉他品牌上投入精力，对于我这种连业余歌
手都算不上的人来说，有一把琴，能唱几首歌，就是最好的状态了。

多年以后，我终于迎来了自己的第三把吉他。

它是一把红棉牌的全单吉他。是的，你没有听错，正是红棉牌。

然而，除了商标，在它身上已找不到当年殿堂级吉他品牌的影子。它的外形很好看，音色却一般，由于选配了电箱加振，音色被现代科技美化得很亮丽。指板弦高都调得恰到好处，弹起来也顺手，使我重新有了进阶的兴趣。

如今，已不需要长途跋涉去省城参加培训班，随便一个 App 和线上课程就可以让你完成从选琴到调音、从入门到考级的全部环节，只要你有足够的耐心和兴致，加上变调夹和琴谱，几乎可以弹唱绝大部分歌曲。

这并不是在给吉他品牌做广告，我想说的是：每个人心里都有一把属于自己的琴。如果说"如意"是我的初恋，部队吉他是一段意外的新感情，那么"红棉"便是多年以来作为梦中情人出现在我的期盼里。我最终还是有些后悔把"红棉"买回家。虽然就做工而言，它超越了我过去弹过的、听过的最好的琴，但真正得到了，却未必能符合我的心理预期。心境不同，经历不同，内心的诉求也在改变。关键是，心里的琴也不同了。

人生大抵如此。

我还是想念我的"如意"。

2022 年 10 月 15 日

岁月的下酒菜

2017 年，我出版了第一部个人文集《行走在城市的上空》，主要讲述的是关于学校、从军经历和往事的回忆。其中，我最满意的就是《桐扣桐扣》。那是一篇在飞往香港的航班上用手机写成的文字，主要是关于对星桥外婆老家桐扣小村旧事的回忆和遐想。这个桐扣，因晋时石鼓桐鱼传说而名。

那段日子，我正经历着生命里比较难受的阶段——遭遇困境，感到渺茫无助，看不到未来。及至文成的那一刻，我忽然热泪盈眶：故乡，永远是最好的归宿和抚慰。

故乡临平建镇于北宋端拱年间，自古以来鲜有战乱和灾祸，风景优美，百姓良善。晋范明、唐褚无量、宋徐氏三兄弟、明沈谦、清孙士毅……临平山、临平湖、安隐寺、桂芳桥、潘公闸……时间的冲刷下，很多历史真相都已不可考，可考的那部分史志，很多已经借由官方和民间的有识之士不断挖掘整理而得以保存。

我毕业于临平一小，其前身是临平学堂，创始人是史家埭的先邻陈星炜。我家世居临平数百年，家族在清咸丰十一年创建了百年老字号冯源兴羊鸭号，老宅南北向贯穿干河埠和史家埭。曲园先生曾寓此二十余年，史埭春灯是临平旧景之一。

临平这片土地也是长三角地区江南小镇嬗变的缩影，它有山有水，有城镇，也有村庄，还有说不完的历史人文，又具备一座江南重镇的所有元素，还不失江南佳丽地的婉约。虽则在岁月的变迁中，临平湖不在了，纵横交错的河港不在了，青石巷弄、深宅大院也不在了，但城镇总要前行，总要迎接和拥抱变革。怀念过去是为了更好地珍惜和前行。当生活越来越富足，日子越来越安逸，我们需要怎样慰藉快节奏生活里的焦虑和迷惘呢？

　　文学写作，必须有根。临平就是我的根，我当时写《桐扣桐扣》时用了笔名"临平湖畔走狗"，在公众号里沿用至今，就是因为忘不了小镇，忘不了上塘河，忘不了桐扣。

　　我一直记着黄永玉为沈从文题写的碑文："一个上兵要不战死沙场，便是回到故乡。"临平，我生长于斯、负笈于斯、游钓于斯。转眼已届知命之年，除了入伍的那几年，我没有长时间地离开过它，目睹它的变迁，在变迁里它伴随我成长。

　　第一本书成后的这几年，我几乎很少动笔，把大量的热情和精力投入业余马拉松运动中。一如我崇拜的村上春树那样，跑步的同时我从未停止思考和回忆。我常常一边跑步，一边思考：作为一个喜欢写作的临平里人，又可以为这座故乡小城的文脉赓续做些什么？

　　总有一些精神地标需要被记录和树立，也总有一些往事值得被忆起。

　　望得见山，看得见水，记得住乡愁。

　　旧风景，就是最好的铭记；旧人事，就是最好的乡愁。

　　而我，试图以文学的方式留住这份乡愁。

　　我出生于20世纪70年代初，至今已过五十年。半个世纪的时间，正处于临平也是我国经历天翻地覆变化的时间轴上。忽然想到，即便皓首穷经，我也写不完临平历史之万一，那么为何不能以一名 70 后的视角，从自己的回忆写起，从身边的人事写起，用文字叙述岁月长河中那些旧风景和旧人事，使长者得以回忆，使同龄者得以共情，使后来者和外来者得以知晓呢？若能如此，临平文脉的这棵大树便有了一条新的根系。虽然它未必是主根，但以小见大，以管窥豹，多少能让临平人以及外来客得以忆起或窥见临平改革开放以及城镇化历史进程中的时空一斑，这不是最好的介绍故土的"乡愁名片"吗？

在这样的信念驱使下，2021 年 9 月初以来，我就像着了魔一样，以每天五千到万字的速度创作了一系列临平记事，记录临平的山、临平的井、临平的厂、临平的人……为此还专门开设了一个公众号，没想到短时间内竟引起很多热心读者的关注，主动联系或者留言，为我提供诸多素材拾遗补阙。这更坚定了我要完成这组作品的信心。

这组作品共计十九篇，主要围绕临平特定时期的风物人事，间用小说的白描手法叙述，兼顾作品的真实性和趣味性。文中大多数内容皆有一定的依据与出处，少量因文学创作需要进行了适当的演绎。

我坚信这样的写作是有意义的，也坚信作为一名临平里人，能出版这样的一本不成体系的小文集，可以在年老的时候，存一些咀嚼岁月的"下酒菜"。

故乡，它同时是一个精神国度，于社会意义来讲，它是一个记录，但又不仅仅是记录，但愿它还有一定的文化地标属性。

如此，便足矣。

2023 年元旦

代跋二

清醒的沉沦者

冯忆芃 [①]

> 我给你贫穷的街道、绝望的日落、破败教区的月亮，我
> 给你久久地望着孤月的人的悲哀。
>
> ——博尔赫斯《我用什么才能留住你》

其实我从没想过能为爸爸的书写一些什么，因为我并没有机会参与他笔下的那些过往。比起他的文字，我觉得他这个人的存在本身要鲜活得多。

小时候觉得爸爸是一个很神秘的人。有一次我整理书房里的文件，翻到了厚厚的一叠打印稿，那一天，我似乎窥见了不得了的秘密，从此他奋笔疾书的样子在我心中平添了另外一层色彩。银行职员兼作家，多酷！

爸爸这次写下的文字多半是关于他的回忆。他是一个把回忆看得很重的人，大概是因为如此，我的名字里也有一个"回忆"的"忆"。

我小时候不明白，觉得回忆固然可贵，但人应该往前走才对。但长大之后我渐渐醒悟，原来所有人到了岁数都会做一样的梦，一觉醒

[①] 作者女儿。

来，发现自己坐在高三的教室里，窗外的阳光透过树叶的缝隙照得人睁不开眼；老旧的电风扇在头顶昏昏欲睡，戴眼镜的老师在讲台上喋喋不休；同学伸出手在我眼前晃了晃，问我在发什么呆。

回忆的可贵就在于，它既无法复刻，也不会重来，就像一辈子只发售一次的限量款。

再后来，我又发现爸爸不仅仅是在写回忆，他好像是随着这些文字回到过去，审视过去走的每一步是如何构成了现在的自己。

在爸爸的回忆里，我尤其喜欢临平中学的那一段。那时候的他意气风发，会在秋游的时候和朋友合伙倒卖碎茶叶，会因为不喜欢一个老师故意不听他的课，会打架，会闯祸。在成为我爸爸之前，他也曾经是那样调皮捣蛋的少年。我有时候很讨厌"成长"这个词，它让人变得现实又社会化，爸爸脸上的笑容随着照片的褪色变得越来越勉强。

爸爸似乎很好地完成了角色的转换，变得隐忍坚韧。记忆里的他是不爱笑的，但他把自己混入人群中，伪装成另一副符合世俗期待的模样。只有带着诙谐的自嘲才能偶尔透露出一点点真我的线索，期待被人发现，又害怕被人窥见。像小时候玩捉迷藏，若是一直不被找到，得意之余又难免失落。

有时候我看完他的文章，他会半开玩笑地考察我的阅读理解，小孩子一般的行为让我忍俊不禁，却又因为擅自揣摩出他语气中的期待而不愿意敷衍了事。我明白，他多希望这些文字写下来就有人能懂。

于是，我提笔了。我一篇篇地看，像厂卫生所的那张椅子一样见证了他体弱多病的童年。我和爸爸在同一个临平长大，但所见所闻却又不是同一个临平。他的临平有水泥厂，有夏天供应的凉拌面，有老宅，有区委；我的临平有沃尔玛、新天地、银泰城。

时过境迁，爸爸的临平已经被高楼大厦所覆盖，那些旧时再熟悉不过的地点只能存于他的描述中。于是，他拼命地写，拼命地讲述，想趁一切都消失之前多少让后来者知晓一些前人的故事。

他最终如愿了。

我愿称他的作品为一位清醒的沉沦者写下的 20 世纪 70 年代回忆录。这世上应该还有很多人和他一样，想回到他笔下的那个充满烟火气的过去吧！

我觉得爸爸是有勇气的，尽管一字一句都透着怀旧与眷恋，却能清醒地区分过去和现在，唯有提笔的时候才会暂时"沉沦"在旧时的那个临平中。而我却常常因为沉湎于过去的美好，而无法接受一地鸡毛的现实。让我感到困惑的是，为什么时间要一直向前走呢？如果过去更加美好，我为什么不能待在回忆里不出来？

我想爸爸年轻的时候应该也这么想。在这个物质不再匮乏的年代，精神世界的富足太重要了，并不是每个人毕生都愿为六便士折腰，有的人终其一生只爱月亮。我很想永远活在自己的乌托邦里，无论外面的世界如何战火纷飞，我圈在自己的小小国度就能安稳度日。

但爸爸和我是不同的。从我出现在这个世界上的那一秒，我就清楚地知道，他再也不会按下那个可以回到过去的按钮了。过去的那些关于临平的记忆，只能存于他的笔下了。有时候我会为他感到遗憾，在他成为我爸爸之前，他也有和我一样沉沦在过去的权利。

但我相信，即便如此，他的精神家园里的那棵大树，仍会一如既往地从过去汲取勇气，长成参天的模样，庇护树下那个想躲在回忆里不出来的小女孩。